那年，東眼山，斜角派出所

The Blooming Sakura on Rgyax Tongan

顏瑜——著

推薦序

就從那一季的櫻花開始說起……

文／葉桑

《那年，東眼山，斜角派出所》是一本百分之一百的警察小說（Police novel），但又不是身為推理迷的我，刻板印象中的警察小說（Police detective novel）。或許可以歸類於以警察為主的「職人小說」（Occupational fiction），強調對「警察精神和道德」、「警察專業技能」、「警察日常工作細節」的描寫與探索。或許也可以歸類於以警察為主的「成長小說」（Bildungsroman），讀者能從主角身上看見他從天真無知到逐漸摸透複雜的警政體系。不僅描述外在事件，更著重心理變化、價值觀建立、自我認同等過程，是一種探索「人成為人」的故事。然而讀到最後，我認為可以歸類於以警察為主的「愛情小說」（Romance novel）。

平心而論《那年，東眼山，斜角派出所》當然不是一般膚淺的言情小說，而是一本帶有現場溫度的作品，既真誠又深刻。曾經當過警察的作者，記錄下警界新人的掙扎、堅持與成長，字裡行間既有衝突現場的張力，也有內心對正義與人性的思索。讀來讓人重新認識制服背後，那個也會害怕、也會迷惘，卻依然選擇站上第一線的年輕人。

從第一章「一個男孩站在樹下掃花，走道與底下的山路有半公尺高的落差，他拿著掃把，穿著T恤，袖子捲起，熟練地將花瓣全掃出去，還不能掃到臺階上，因為臺階也屬於派出所的範圍。」開始到最後一章「人總說，讓上帝的歸上帝，凱薩的歸凱薩，李啟陽也想對葉亭莉說，雖然政治的歸政治，但除去這場政治後，一切也都不是沒有意義，櫻花還是櫻花，是她親手拍下的櫻花。這年春季，這場運動，這段緣分，讓兩人都學會了不少東西。」

這是一段青春的實境錄影。透過一位年輕警察的視角，我們走進了山林間的小派出所，目睹緊貼胸章下那顆年輕火熱、躍動青春的心臟。書中沒有浮誇的英雄戲碼，沒有愛得死去活來的濫情場面，只有作者以近乎紀實的筆觸，描繪山區勤務的冷與熱、人性的光與影，也寫下身為「菜鳥」的迷惘與成長。在浪漫與現實交錯的節奏中，《那年，東眼山，斜角派出所》帶領我們見證一個男孩如何成為真正的警察。

作者以幽默又帶點哀愁的筆調，寫下山林派出所裡的日常。為了業績，苦候、追趕交通違規，設計捉拿酒駕，初嘗愛情滋味的悸動和迷茫，這些看似平凡的小事，正構成了警察這份工作的重量與壓力。然而作者後來把高潮，推向一場讀者心知肚明的大型抗議活動。淺白明確地娓娓道出，警察在社會運動中扮演的角色十分複雜且多元，因為他們身處於維護公共秩序與保障人民權利之間的緊張平衡點。

本書非常清晰地描述：處在高張力或敏感的社會議題中，警察可能被認為是政府鎮壓工具或壓制異議的象徵。讓讀者了解：警察的角色更傾向於「維穩工具」，而非「中立執法者」。尤其是對基層警察而言，他們常同時是「人民的一分子」與「制度的執行者」。在值勤過程中可能面對內心掙扎，特別是當社會運動的訴求本身也與其生活相關時。更何況心儀的女孩正站在敵對的那一方，哀怨地凝視自己……。

我不認識作者，但是我讀過他所有的作品，其寫作技巧、文學修養和說故事的能力，皆有目共睹，不須錦上添花。《那年，東眼山，斜角派出所》也不例外，承傳以前的作品之風格，更開拓出許多即視感的「名場面」。身為先鋒讀者，讚歎之餘，當然要真心熱情推薦。

*備註：依據維基百科紀載，東眼山（泰雅語：Rgyax Tongan）是臺灣北部的一座山峰，位於新北市三峽區、桃園市復興區交界處，海拔一千兩百一十二公尺，有三等三角點六二六一號，為臺灣小百岳之一。因為過去泰雅族大豹群曾在此建立一部落名為Tongang而得名。另外一說：從遠處眺望山形頗似朝東而望的大眼睛，因而得名。我年輕的時候常駕車到三峽、復興一帶尋幽探勝。後來逐漸被開發，但是依然有多處祕境保有自然原始的風味。閱讀小說喜歡對號入座的我，自然把《那年，東眼山，斜角派出所》想像成東眼山的霞雲派出所。

*葉桑，資深推理作家。著有《波斯貓在暮靄中唱歌》、《塵封之謎》等推理小說。

推薦序

《那年，東眼山，斜角派出所》在體制裡，怎麼做才叫對？

文／輝彌

在臺灣的山區或觀光景點，常見這樣的派出所：員警數量不多，時常讓人懷疑其存在的必要性。大家口耳相傳，說那裡的工作內容不外乎找走失的雞、幫在地居民跑腿，有時連開罰單都要擔心被地方勢力撤銷，充滿「人情味」與無力感的小派出所。

《那年，東眼山，斜角派出所》正是在這樣的場景中展開——一位剛進體制的年輕警察李啟陽，在這裡開出一張罰單，費盡心思。從這件看似微不足道的事件開始，他陷入了一段與女主角葉亭莉的感情糾葛，也被迫面對現實中制度與理想的張力。這本小說的核心，其實不在於戀愛，而在於這段關係如何逐漸揭開兩人立場與信念的分歧。

警專畢業後通過國考的員警，年紀不過二十出頭，正是其他人還在念大學、參加社團、徹夜未歸、體驗兼職工作、還有談戀愛的時期。但主角員警李啟陽的青春幾乎是在如何開單跟往上追求成為更好的警察努力著。他所面對的，不只是派出所的體制風格與他的理想有衝突，還包括他尚未理解的——那些可能將他當作升遷棋子的高層盤算。而這些，對一個剛入體制的新人來說，似乎是慢慢進入理想與現實的必要經歷。

就在此時——他戀愛了，對象卻是來自學運場域的激進分子，一位來自富裕家庭，卻因理念與家人決裂的年輕女性。她選擇投入抗爭，帶著一種非黑即白的道德直覺，而李啟陽則來自一個習慣聽令與制度思維的現場。兩人不只是彼此的補償，更是彼此價值觀的對照。李啟陽與葉亭莉的相處，彷彿警界制度與人民的理想擬人化後，具象地在小說中上演。

本書值得一讀的不只是角色間的衝突，而是其背後對制度的提問。什麼叫作執法？什麼叫作為了績效「該做」的事？體制內的警察是否永遠只能是命令的執行者？而體制外的人，又真的懂得什麼叫理想嗎？書中不斷以具象的事件——罰單、勤務、選擇，甚至家人的臺商身分等——來反覆提出問題，而非直接告訴讀者，執法體制與人民理想之間要如何達成和解。本作最後給了和平的結尾，採取讓小說留一點出口的處理方式。現實中我們可能沒有這麼幸運，青春與理想多半不能同時兼得。但小說選擇讓李啟陽得到了這一段感情，也許不是為了完美，而是為了讓這段沉默的勤務日常，留下一點溫度。

小說借用了太陽花學運與大豹溪命案兩起真實事件，分別對應到民眾與國家的對立張力，以及制度面對民眾任性時的無力。前者關於理念、公共性與權力的邊界，後者關於日常中的安全與責任分工。在這些事件的對照下，《那年，東眼山，斜角派出所》其實問的是：你怎麼看待執法？你又怎麼看待人的自由？

筆者認為一個國家的執法能力，有其體制架構的必要性。面對民眾表達憲法保障的民意自由，警察所作即執法，也是他們的職責所在，更是他們從警有志之士的信念。當民意表達過度，甚至影響到其他人的基本安全時，除了執法過當必須譴責之外，更應思考如何在保障言論自由的同時，不讓其他公民的日常被犧牲。否則，我們所捍衛的自由，可能就成為了另一種壓迫。

關於警察值勤制度與民眾表意，如同人與人的磨合一樣，一定要先相處才有答案，不論結果是否幸福快樂，至少我們曾經溝通過。

＊輝彌，犯罪評論人。關注寫實犯罪與冷硬風格的推理作品。特別著迷於情報類型作品中國家利益與人性矛盾的交鋒，對於那些隱藏在灰色地帶的故事充滿興趣。期待透過評論分享各種觀點，讓更多人發現犯罪、情報與推理世界中的獨特魅力。

目次

第一章

櫻花盛開的季節，粉色浪潮襲來，一條山路望去，全鋪滿了花瓣。

山路曲折地彎進一處山坡，轉角有間派出所，盾形的招牌寫著「POLICE」幾個英文字，在大白天依然亮著發光。派出所的院子花瓣更多，周圍種著數十棵櫻花樹，樹齡都超過二十年，結的花朵碩大飽滿、絢爛盛放。

一個男孩站在樹下掃花，走道與底下的山路有半公尺高的落差，他拿著掃把，穿著T恤，袖子捲起，熟練地將花瓣全掃出去，還不能掃到臺階上，因為臺階也屬於派出所的範圍。

偶爾休息，看花瓣有的爽快直落，有的流連盤旋，只能用掃帚追趕。

這是一座位於三峽的偏僻派出所，編制只有四人，平時沒什麼事，鮮少有人上門報案。近年更因派出所旁種植的櫻花樹而爆紅，成了許多遊客和網紅會來拍照的聖地，儼然變成了一座觀光派出所。

男孩掃著地，一陣風吹來，讓花瓣如雨下。他不禁停下動作，仰起頭，在這飄飄落落的粉色中，抹了一把汗，又重新掃起來。

他可沒有閒情逸致和遊客一樣欣賞，每天掃花就是他的工作。

「啟陽，垃圾袋拿過來一下。」從派出所內傳來呼聲。

男孩將已經裝了花瓣的垃圾袋拿到門口，供裡頭的同事丟花生殼。

看電視、吃零食、談笑嬉鬧、嗓門很大，扔出來的花生殼也丟不準，掉得滿地都是。

說是同事，只有一個是警察，其餘三個都是鄰居和里長，跑來串門子的。鄉下派出所就有這種人情味，警察和當地百姓打成一片，沒什麼隔閡。

男孩蹲下來，將門下縫隙的垃圾掃出來，然後繼續掃地。他預計再掃十分鐘就好，反正這花也不可能掃得完，所長怕花瓣多了腐爛發臭，才派人每天掃一下。

我叫李啟陽，在這間「斜角派出所」當警察，怪怪的名字是我當初選填這裡的原因，肯定會發生很多很好玩的事！

但他錯了，這裡閒得發慌，電話不響，案件奇少無比，實在太無聊了。

「啟陽。」派出所內又傳來了呼聲：「你的遊覽車來了喔。」

李啟陽立刻跳起來，丟下掃把，很急，往派出所的二樓跑去。

他就住在樓上的公用寢室裡，剛畢業時長官有規定，新生菜鳥一律要住宿舍，方便前輩們關照。

現在實習期早已結束，他還是住在二樓，沒有搬出去，反正這裡也只有他會住。

不一會兒，他便換上制服走出寢室，邊下樓邊扣釦子，紮呀紮的，一身警察打扮迅速浮現，臉龐頓時精神起來。

「他們在哪裡了？」李啟陽朝眾人問道，並打開公務櫃，探頭往裡面翻找。

他東抓西抓，找齊了攝影機和罰單本，將它們全掏出來。

「還在停車。」同事心不在焉地說道，一下看監視器螢幕，一下看電視，呵呵笑：「有夠笨的，車位這麼大也不會停。」

「啟陽要去幹嘛？」里長好奇地問道，伸手在剝橘子，桌子底下那一大箱全是里民贈送的，還有泡麵，派出所的福利多。

「要去開單啦。」有人替他回答。

「開單？這麼工夫，我就不曾看過你們開單。」里長笑道，繼續和大夥兒泡茶聊天：「你還知道要怎麼開單嗎？怕是連字都不會寫了勒。」

開罰單這種自找麻煩的差事，派出所可沒有人會去做。民眾不喜歡被罰錢，警察也不喜歡罰別人錢，若不是上級有要求、法律有規定，誰會想去得罪別人？

大概就只有我吧，哈哈哈哈。

李啟陽在心裡笑道，他跑來跑去，將公事包揹上，將哨子掛上，一句我走囉，便衝出派出所，全副武裝出動。

斜角所後方的停車棚很小，他一個人就占了兩個車格，左邊停著警用機車，右邊停他自己的私人機車。

斜角派出所位於東眼山下，後臨大豹溪，沿著溪水往深山走，能見到東眼瀑布，甚至連通北橫公路，開著汽車就能跨越山脈到宜蘭去。

這裡景色優美，人少，事情就少，警察工作十分清閒。

李啟陽騎著警用機車，不出十分鐘，便到了轄區唯一的一座紅綠燈，位在交通要衝，三岔路口。

他慢下速度，悄悄將機車停在轉角處，朝山坡下打量，那裡有一座「遊客服務中心」，兩層樓的建築，玻璃罩反光，一臺遊覽車已經停好了，有十幾名遊客在餐廳裡用餐。

哈，真的有！

李啟陽關閉腰帶上的無線電對講機，準備長期抗戰，怕打草驚蛇。他的目標就是那些遊客，他要找機會開他們罰單，現在開始等待。

他很有耐心，坐在機車上看他們吃飯。這地方除了居民和遊客外，平時鮮少有人來，要開罰單只能找遊客下手。

李啟陽才二十一歲，警校畢業不滿半年，派出所的罰單沒人要開，便落在他頭上。但他甘之如飴，與其在那泡茶聊天、看電視打瞌睡，他樂於做這些「像警察」的工作。

斜角派出所地處偏僻，是一個養老用的派出所，除了李啟陽外，其他三名同事都是老警察了，只有所長比較年輕。平時除了泡茶聊天，就是散步看電視，不用抓壞人，也沒有績效壓力，轄區人口不超過一千人，誰家的狗生了、誰家的孩子考一百分，鄰里間都知道，根本沒有壞人。

李啟陽在這裡可是悶壞了，他除了掃地，陪學長打蒼蠅，沒別的事做了。半年以來唯一接過的案件，就是居民鞋子不見，當時要釐清是被狗叼走、還是被偷了，可費了不少工夫。

李啟陽真的很羨慕他的同學，他們在大單位裡，能抓毒品、抓酒駕、抓強盜、抓小偷，他在這裡卻什麼都沒有，只有山和水。

偶爾臉書上出現同學們的英勇照片，他真的很想跟他們交換，哪怕只是一天也好。同學們卻都說他身在福中不知福，有得偷閒還抱怨。

然而，斜角派出所也不是沒有績效壓力，他們有唯一的績效壓力，就是全年必須開出「兩張」交通罰單——沒錯，就是兩張，這數字可讓他城市裡的同學都驚呆了，他們每個月每人就得開十幾張罰單，而李啟陽整個單位，整年的份額，竟然只有兩張！

只不過，這兩張對斜角派出所來說，也不容易達成，因為轄區人口少，又都是認識的，居民都常常來派出所坐，送菜送水果，要開單還真不好下手。

山裡的人很少戴安全帽，甚至根本沒駕照，警察只能睜一隻眼閉一隻眼，當作沒看到，人情壓力重。

李啟陽就曾攔下一個違規的老伯伯，結果被前輩責罵一頓，原來那是里長的爸爸。之後他就沒敢再找當地人的碴了，漸漸他也學會了潛規則，原來在這種鄉下地方，要開罰單只能找遊客或外地人。

嗶——

此時，刺耳的喇叭聲響來。

有位阿嬤騎著摩托車，壓著喇叭按鈕緩慢下山，也不曉得是身體哪處卡到了。她沒戴安全帽，只繫了個帽兜，恰好就印證了李啟陽的體悟，山裡人有自己的一套規矩。

李啟陽聽著她發出來的喇叭聲，看向遊客中心，都快急壞了，要是遊客被嚇跑了怎麼辦？

「小心小心！」李啟陽伸出指揮棒，趕緊走過去關心：「紅燈紅燈紅燈！」

阿嬤以她的體感時間緊急煞車，在李啟陽面前卻像烏龜一樣，滑了好長一段距離才停下機車，遠遠超出了交通停止線。她看著頭上的紅燈，然後朝李啟陽招招手，笑得可開心了：「你在這裡做什麼？」

喇叭聲終於停了，遊客中心沒被引起騷動，李啟陽鬆了一口氣。

「在開單。」李啟陽故意拿出罰單本晃晃。

「這樣唷，那你慢慢開，記得喝水，最近太陽很大。」阿嬤關心了幾句，左看看右看看，就又騎走了。

李啟陽默默地看著她離開，既好氣又好笑。

每年，所長都為了這兩張罰單而傷透腦筋，好不容易，今年終於來了可以幫忙的新人。李啟陽最重要的任務，就是開完這兩張罰單。他既不能像電視上的警察那樣抓壞人，也沒有小偷可追，只能好好完成所長交代的任務。

太陽越來越大，李啟陽等了半個小時，坐在機車上埋伏，終於，底下的遊客們吃完午餐了，酒足飯飽地從餐廳走出來，大聲喧嘩著。

終於！

李啟陽按捺不住興奮，哼起了小曲，他等這批遊客已經等了半個月，東眼山的遊客團消失了半個月，只有些零星的散客會自己開車上來。

最近花季剛到，櫻花初放，遊客們聞風而至，比雷達還準。

李啟陽拿起照相機，聚焦對著下方瞄準。

他要開的是「行人未依規定穿越道路」，只針對行人。

配額的兩張罰單可不是隨便亂開就好，有規定的名目，其中一張是「汽機車闖紅燈」，另一張就是「行人未依規定穿越道路」。

在這個紅綠燈只有一座的小地方，要開行人違規反而比開車輛容易。下方的「遊客服務中心」前有條大柏油路，設有分隔島及告示牌，告示牌上明顯標示了「違規穿越罰500」，假如還有遊客不長眼，偏要從馬路中間跨過去，就別怪李啟陽無情了。

「哇，這個好漂亮！」下方的人群吆喝起來，喜孜孜地指著服務中心外一棵櫻花樹讚歎，紛紛拿起手機拍照。

「聽說上面還有。」某人嚷道：「那邊有個派出所，那裡櫻花才多。」

「對對對，這裡才一棵而已，沒什麼好拍的，我們等等去上面拍。」其他人也跟著附和：「我看網路上寫，那一整片都是櫻花大道！」

李啟陽拿著相機對著他們，暗自開心。

嘿嘿，快走上來吧，從馬路直接穿過來，這樣我就可以開單了！

遊覽車熄火停著，司機不曉得跑去哪裡了，遊客們依照李啟陽所願，步行走上來。這時，神奇的事情發生了，又有另一臺遊覽車駛了過來，慢慢吞吞地開進停車場裡。

也太好運了吧？今天一定可以開到這張單！

李啟陽霎時信心十足。

他口袋裡的手機響了起來，但他沒接，他知道是學長打來的。

全轄區唯一的監視器就在「遊客服務中心」，和派出所連線，學長們知道他求功心切，邊泡茶邊幫他注意攝錄畫面，一有遊覽車出現，就會馬上通知他。

李啟陽無暇分心，他躲在山坡上，屏氣凝神地看著下面的情況，很專注。

遊客們在琢磨完櫻花樹後，接著就打算過馬路了。這條柏油路共有四線道，大材小用，在這種山區，真不曉得要給誰用。

只有警察很高興，嘿嘿，開罰單的好機會！

行人想過馬路，若不直接穿越分隔島，就得走很遠很遠，到另外一頭的斑馬線去。遊客們擠在馬路前，東看看西看看，七嘴八舌，一條大道坦坦蕩蕩，根本就沒車，宛如魔鬼的誘惑，慫恿他們直接穿過去。

結果，不知道是導遊還是哪位帶頭的，指著「違規穿越罰500」的告示牌，給眾人道德勸說，然後就領著眾人往斑馬線走去了。

李啟陽愣住，他放下相機，希望破滅。

但他隨後調整心情，不氣餒，繼續等待，還有另外一臺遊覽車呢，反正只需要開一張。另一臺也是老人團，正循著一模一樣的行程，在餐廳裡用午餐。李啟陽相信他還有機會，老人家腿腳不好，直接穿過馬路的可能性更大，今天他肯定能完成任務！

「這個斜坡很陡欸。」第一團遊客的聲音逐漸近了。

「大家快跟上啊，別落單了。」

「這裡還有一棵櫻花！」

李啟陽躲在林子裡，從樹幹後偷瞄著他們，只能先避一避。

好巧不巧，坡上也有一棵櫻花開了，拖住了遊客們的注意力，現在他們全徘徊在林子外，照相的照相、撿花瓣的撿花瓣，忙得不亦樂乎。

李啟陽又等了十幾分鐘，算算時間，餐廳裡那批遊客也快出來了，賣的是簡餐，吃不了多久。要是再不出去，第二批人也要過馬路了，現在外面有這麼多人，他該怎麼辦？躲起來的警察被發現，超丟臉的！

「媽媽妳看，這裡怎麼有一臺警車！」這時，有人發現了他停在路邊的機車。

李啟陽屏住呼吸，按兵不動。遊客們全圍著他的機車打量，只鬧了一下就失去興趣，繼續往山坡上走去。

好險！

李啟陽聽著他們遠去，躡手躡腳從林子裡出來，跑到山坡邊，從他熟悉的位置往下張望。

奇怪了，怎麼不見了？

後來的那批旅客團竟然不見了，馬路上沒有人，餐廳裡也不見蹤影，甚至也不在遊覽車上。他拿著相機又等了一會兒，跨上機車往下騎，騎進遊客中心。

「啟陽，你今天上班呀？」服務中心的阿姨問道，並心花怒放地朝他招手：「要不要喝飲料？阿姨請你。」

「剛剛那些人呢？」李啟陽將機車騎到門口就問道。

「什麼人？你說客人喔？」阿姨問道，她並不知道李啟陽打算向那些遊客開單，便好心地指著上面說：「去你們派出所看櫻花了呀。」

「後面那一臺的呢？」李啟陽慌張地問道，朝屋子裡打量。

剛剛不是在吃飯嗎？怎麼一下子就不見了？

「哦，他們啊。」阿姨想了一下，然後指著外面說：「好像去河那邊了。」

糟糕！

李啟陽愣了一下：「妳怎麼沒跟他們說禁止戲水？」

「他們不會戲水，安啦。」阿姨笑著說：「都是六、七十歲的老人了，只是去看看啦。」

李啟陽顧不得說話了，摘下安全帽就趕緊往河川的方向跑，這可不能當兒戲呀！

東眼山下最著名的就是這條大豹溪，惡名昭彰，發源於南腳山，是全臺灣最危險的河川，因為侵蝕作用不一的關係，在河底產生許多洞穴，表面看似平靜，卻潛藏許多漩渦及暗流，每年都溺死不少人，甚至被當地人稱為「鬼河」。

李啟陽沿著遊客中心的邊坡往岸下走，果然看見一群人在河邊嬉戲，水很淺，他們只是泡泡腳、踢踢水，還是令李啟陽捏了把冷汗。

他剛被分派來這裡時，學長就告訴過他，斜角派出所只會有三種案件，一是遊客的錢包掉了，二是鞋子被狗叼走，三就是有人溺斃。就屬「三」最危險，只要守好第三種，他們就算盡忠職守了。如果有人溺斃，大家都會很不好受。

「喂，那邊不能玩水！」李啟陽從斜坡滑下，鞋子沾了一層泥巴，還沒滑到底就先扯開嗓子警告：「很危險哦！」

春季剛來，時有梅雨，上游的水陰晴不定，看起來很淺的河川，說不定等會兒就漲起來了。堤防蓋之所以那麼高，係因洪水來時，真能淹到那麼高。

「喂喂喂，警察來了。」

「快上來，警察在叫我們！」

「妹妹把鞋子穿起來，擦乾淨！」

大夥兒一見警察來了，都趕緊上岸，李啟陽耐心地督促他們穿鞋，一面幫忙照看小孩子，並指著警告牌給他們勸導，說戲水可是要罰錢的。

「不好意思不好意思，我們只是想在河邊走走看看。」遊客團的領頭連忙給李啟陽道歉，笑呵呵的。

「導遊要以身作則呀！」李啟陽叮嚀道：「這樣帶團很危險的。」

「唉唷，我不是導遊啦。」對方苦笑解釋道：「我們都是從南部上來玩的。」

李啟陽東看西看，幫忙牽小朋友上岸，嘻嘻哈哈，一下子身邊就圍滿了兒童，還得分神留意警槍和無線電對講機不被觸碰。

「再往山上走，有一個溫泉會館。」李啟陽指著上頭，扶著一個老人走路：「真的要玩水的話，那邊可以，等等帶你們去。」

然而遊客們卻對東眼山的溫泉沒什麼興趣，他們圍著他打轉，話題還是說到了最著名的櫻花上：「聽說你們派出所有櫻花，怎麼走比較快呀？」領頭的人問道。

「從這條路一直往上。」李啟陽給他們指引，清點一下人數，又往河川方向看了一眼，確認沒有遺漏：「你們來了幾個人？十六個嗎？」

「對啦。」

眾人彼此嬉鬧，也不正經回答，陸續走到遊客中心前。

「違規穿越罰500」就在眼前。

李啟陽看著牌子，內心一掙扎，沒忍住，還是出聲提醒：「這裡不可以直接過，要走斑馬線。」

「知道了，謝謝你啊，警察大人。」

「謝謝喔！」

就這樣，在李啟陽的督促下，大夥兒都乖乖地走斑馬線，到對面的山路去。開罰單的機會算是沒了，李啟陽眼睜睜看著他們離開，但也無可奈何，總不能故意看他們違規。

煮熟的鴨子飛掉了，李啟陽很氣餒，等待了半個月的遊覽車，至少三十名的遊客，卻連一張罰單都沒開到，白忙一場。

唉。

李啟陽再次拍了拍褲子，然後走向他的機車，準備打道回府，思考著下一步該怎麼走。

這時，一個亮晃晃的身影突然出現在馬路盡頭。

她穿著白色褶裙，秀髮飄逸，手腳纖細，在這寬闊的大馬路上，儼然是最顯眼的存在，孤零零地樹立著。

李啟陽坐在機車上，目不轉睛地盯著看，有些出神，剎那間分不清楚對方是不是人。

然後，她走過來了，裙擺好似一朵飄逸的花，抓著人的瞳孔隨風浮動，直到她走在柏油路上，白皙的小腿閃爍地劃過視線，李啟陽才意識到——

穿越馬路！違規了！

李啟陽嚇了一跳，驚醒。

天無絕人之路，走了兩批遊客，卻來了這麼一個救星。李啟陽不自覺勾起嘴角，趕緊夾起罰單本，催下油門，騎到女孩對頭的護欄邊，靜靜看著女孩走來。

李啟陽心跳有點快，又開始分心了，他的思緒在「違規者」與「女生」之間飄移。不是他有多好色，而是這個女生真的很漂亮，他記得只在高一見過這種氣質的女生，音樂班的學姊。

「咳……嗨！」李啟陽朝她揮手，用指揮棒攔停。

女孩長得好生細緻，像宮崎駿動畫片裡的人一樣，有股天生脫俗的清新感，彷彿張手一閉眼，就能飛起來。

女孩見到了他，卻沒有停下腳步，渾然不知自己正在違規。她慢慢走著，宛如待宰的羔羊。

「小姐，妳好。」李啟陽伸手攔下了她，十分嚴肅。

「你好。」女孩不明所以，也朝他點了點頭。

「麻煩妳出示一下證件喔。」李啟陽說道，並指著後方的告示牌：「這條路要走斑馬線，不能直接過來，妳這樣違反道路交通管理處罰條例第七十八條。」

「咦？」女孩往後看，細長的眸子些微睜大，顯露詫異：「我不知道，真不好意思。」

「下次要注意一下，我這邊要開單唷。」李啟陽再次強調，怕女孩聽不懂，便攤開手掌向她索要證件：「妳有帶身分證嗎？我要開罰單唷。」他強調了兩次。

女孩找了一下，從錢包中摸出了身分證，乖乖遞給李啟陽。

李啟陽瞄了一眼她的名字，從違規地址開始寫。

女孩這才反應過來，大驚失色，開始雙手合十，哀求：「警察先生，可不可以原諒我這次啊？我不是故意的，路上都沒有車呀！」

「不管有沒有車都要走斑馬線喔。」李啟陽機械式地說道，卻一直被身分證上的大頭照干擾，每看一眼，就彷彿被哀求一次，和照片四目交接。

「拜託啦！」女孩不放棄，湊到他身邊來看。

不要拜託我，我也是沒辦法的……

警察一輩子都在開單，會遇到許許多多狀況，有求饒的、有生氣的、有叫罵的、有嗆聲喊議員的，雖然他還只是個菜鳥，但眼前的女孩比他更菜，只會喊拜託，毫無威脅性。

李啟陽寫著寫著，赫然發現女孩就在他旁邊，跟他一樣認真，盯著罰單看，不再哀求，竟有股向上求學的味道，好奇地看著每個字。

「妳幹嘛？」李啟陽將罰單本合起，退了一步，與女孩保持距離：「葉亭莉小姐，不可以和警察靠這麼近。」

「你怎麼知道我的名字？」女孩詫異、震驚。

「妳的身分證上面有呀！」李啟陽舉起身分證，也被搞糊塗了，以為自己做錯了什麼：「妳、妳妳妳先站在那裡，不要動，等我開完！」

就這樣，直到李啟陽寫完，葉亭莉都沒有挪動半步，和李啟陽間隔三公尺。她想起自己應該要求饒，但礙於有警察的命令，她只能眼睜睜看著自己被開完。

「三天後，郵局、便利商店都可以繳交罰款，一個月內要繳清，謝謝。」李啟陽拿起罰單紙，慎重地交給她，心裡總覺得漏掉了什麼：「啊！對了對了，幫我簽名！」

李啟陽又收回罰單紙，找到簽名欄，將筆遞給她。

兩人像是完成了什麼複雜的儀式，彼此交換筆、證件、罰單，手忙腳亂，然後宣告解散。

「李啟陽？」

就在李啟陽要跨上機車時，葉亭莉喊道。

李啟陽詫異、震驚地轉過頭：「妳怎麼知道我的名字？」

兩人四目交接，風又吹起，把山上的花瓣都吹過來，落在兩人之間。

馬路霎時變得好寬闊，無聲勝有聲，李啟陽盯著葉亭莉，整個世界只剩大大的疑惑和緊張，難道他們曾經見過嗎？

「這上面有寫呀！」葉亭莉舉起罰單說道，上面蓋著李啟陽的警察印章：「警員李啟陽。」

李啟陽愣住，臉頰一紅，催下油門就走了，頭也不回，連後照鏡都不敢看。

好丟臉，竟然忘了上面有職名章！

李啟陽越騎越快，越騎越快，都不敢回頭，只想快點回派出所。

風迎面而來，慢慢吹散了他的焦慮與尷尬，反而有一股得意，油然而生。

他開完了，他開完了，派出所規定的兩件績效，闖紅燈他之前就開完了，現在行人違規也開完，全部都開完了！

大事搞定！

他心裡樂壞了，接下來的一年，大家都能平平安安度過了。

他要趕快回去跟大家講，他們一定很驚訝。

第二章

斜角所位在山坡的岔路盡頭，沿著滿地的櫻花彎進去，一棟兩層樓高的建築映入眼簾。它不因附近有溪流、瀑布就被搶走風光，院落與四方敞開的窗門連成一片，在視覺上彷彿成了開放式的大亭子，踩上階梯一引頸，屋子裡的警察在做什麼都一清二楚，辦公桌椅一覽無遺。

相對地，外面發生了什麼事，裡頭的警察也能一眼瞧見。居高臨下，一隻貓跑過，都逃不過警察的法眼。派出所設置的地點真是絕妙，只可惜沒用在抓壞人。

「啟陽，你電話怎麼都沒接？」

李啟陽踏上階梯，頭才剛冒出來，裡頭的前輩就問道，還在看電視。

他長得很像電視臺的老藝人王識賢，那股滄桑穩重的神韻簡直一模一樣，大家都叫他賢哥。賢哥是本地人，一輩子都待在三峽，沒出過這個地方。

「我在開單。」李啟陽回答，舉起手上的罰單本，高興地跑過去報告：「我開到了耶，穿越馬路，全部都開完了！」

「真的假的？那群遊客都那麼老了，你也開得下手喔？」賢哥語調高亢，呵呵笑，雖然替李啟陽高興，但還是向其他人調侃：「現在少年人下手有夠凶的，不像我們以前，較有人情味。」

「那是你們都亂搞，現在都要講法律好嗎？」里長回答道，並看向派出所門外，嘰嘰喳喳的聲音忽然大了起來。

是那兩團遊客，他們出現了，開始在派出所附近欣賞櫻花，拿起相機拍照，還拍進了派出所的窗戶裡，甚至要往更高的地方去。

還是里長老練，他馬上朝李啟陽使了個眼色：「還不快點上樓？」

為什麼？

李啟陽愣住，不明所以。

賢哥隨後出聲提點：「你把人家開單了，人家等等跑進來抗議，你要怎麼辦？快上去躲起來，我們幫你掩護。」

李啟陽這才反應過來，拎著手上還沒放好的裝備，三步併兩步就爬上樓梯。

但他其實沒什麼好怕的，他開的是一個年輕女生，跟這兩團老人沒有關係。

二樓很亂，到處都髒兮兮的，比較乾淨的兩個房間，一個是所長室，另一個則是李啟陽自己打掃出來的寢室。但床架子鏽的鏽、塌的塌，他弄了好久才弄出自己的一個窩。

李啟陽聽到所長室有動靜，便不假思索地走進去，心裡一下子高興起來，拿緊手中的罰單。

所長在耶！

所長室其實也亂糟糟的，只比其他房間乾淨一點。原木製的辦公桌上堆滿紙箱，地上還有許多拆包裹剩下的保麗龍，房間被當成了倉庫。

偶爾會有同事跑進來睡覺，基本上沒有辦公的用途。

所長坐在小椅子上滑手機，個頭只比桌子高一點點，埋沒在紙箱之中，好像在露營，旁邊還有躺椅。他一見李啟陽走進來，便把翹起的腳放下來，挪出位置給李啟陽坐。

李啟陽朝他微笑，晃了晃手中的罰單。

「你開到了喔？」所長愣了一下，問道。

李啟陽點點頭。

所長名叫翁國正，四十幾歲。他雖然是長官，但對李啟陽來說，和其他同事沒什麼差別，都是長輩。在這個單位裡，無績效壓力、無繁重業務、無競爭無危險，自然也擺不起什麼官架子。

「兩張都開完了？全部？」翁國正訝異地問道，視線澈底從手機上移開。

「對！」李啟陽終於出聲回答，並在翁國正旁邊坐下來，將罰單裝進公文袋中，像裝聖誕卡片那樣仔細。

翁國正卻沒說話，好像有什麼心事，視線又轉回手機螢幕上，沒給李啟陽什麼鼓勵：「我剛剛才從分局回來，你申請調地的事，人事室那邊沒過。」他說。

李啟陽收起笑容，臉上先有疑惑，接著才是失望：「他們怎麼說的？」

不是說我表現好就可以調地嗎，怎麼可以反悔？

大約在幾個月前，也就是今年初，李啟陽申請了職務調動，他想離開斜角所，調到其他單位去，這是他一直以來的想法。

他覺得這裡太無聊了，不適合他，他還年輕，想到更有意思的地方去看看，但現在，分局卻駁回了他的申請。

「一樣是在三峽，給我去其他派出所不行嗎？我還是歸三峽管呀？」李啟陽納悶。

「你要調走，也要有人進來補你。」翁國正回答，內心正在思索要怎麼處理好這件事。

「為什麼沒人進來補？大家不都很想來斜角所嗎？」

斜角所事情少，確實每個人都想調進來，但長官可不是這樣想的，李啟陽是斜角所最認真的人，不把認真的留下，還改放摸魚的人進來，又不是笨蛋。

翁國正其實也不贊成李啟陽調走，開什麼玩笑，好不容易來了小伙子，要是走了，以後的地誰來掃？他沒阻擋就不錯了，他怎可能積極推動這件事？

「我如果再申請一次，有機會嗎？」李啟陽殷切地問道，靈機一動，舉起罰單本：「對了，跟長官說我把績效做完了，他們一定會准的！」

「別！」翁國正立刻潑他冷水，公布真相：「就是你太認真了，他們才駁回。」

什麼意思？

翁國正看向他，娓娓道來：「你也知道，我們這個單位輕鬆，都是老屁股，沒什麼戰鬥力，連開個罰單，達成率都很低，這是我們派出所的風氣。」他解釋道：「好不容易來了新血，上面怎麼可能放你走，斜角所還是要有打拚的人，比較穩。」

哇，竟然是這樣！

李啟陽難以置信，因為認真做事，反而事與願違，好奇怪的邏輯。

「上位者肯定都想把好的人才留在身邊，不可能輕易放走。」翁國正繼續說，這也是他心裡的想法。

「但我只是換派出所也不行嗎？峽大那個轄區不是很缺人嗎？」李啟陽提起了山腳下的三峽大學學區。

「反正你再等等，年底就有統調了，你那時候再填沒問題，沒人會擋你。」翁國正岔開話題，想把事情往後拖延。

但統調也要比績效分數呀，又不是一定過。

李啟陽心裡委屈，總不可能一輩子待在這裡吧？

「啟陽，你往好處想，你可以去讀讀書、交交女朋友啊？這裡可是很多人夢寐以求都想調進來的，環境好、風景好、壞人少又沒績效壓力，你在這裡可以做很多自己的事，過得很快樂，待到退休都沒問題。」

李啟陽還是沒說話，他不是喪氣，只是在想新的解套方案。

翁國正以為他想不開，還是心軟了：「你就這麼想調走？」

「對呀，我和一個同學說好了，一旦分局同意，我就要調去他那個派出所，他會帶我、教我。」李啟陽滿懷憧憬地說，講到這裡眼神又充滿期待：「我同學超會抓壞人的，他也才畢業半年，但他師父超強的，教了他很多東西！」

翁國正聽著他的話，心中若有所思，最後嘆了口氣，決定稍微幫他一下，反正罰單也開完了：「不然這樣吧，還有一個辦法。」

「什麼辦法？」李啟陽趕緊問道。

「你從今天開始擺爛，每隔幾天就遲到一下，下班也提早走，我會記你勤務缺失，然後上報分局。」翁國正說道：「你可能會被記幾支申誡，分局看你這麼糟糕，就不會想留你了，缺失如果太多，調職也就變成懲罰的手段之一。」

「擺爛？申誡？」李啟陽愣住，表情凌亂，一度還以為自己聽錯了。

難道是認真的嗎？

「我們在公務單位，要達到某些目的，就需要非常辦法，你懂嗎？」翁國正說著，他見李啟陽瞳孔放大，開始發呆，便伸手往他眼前揮了揮：「這是一種抗議方式，上級不需要會搗亂的人，你只要這麼做，他鐵定會放你走。」

「等等。」李啟陽越來越混亂，忽然驚醒：「不行！這不是我想要的！」

翁國正愣了一下，猶豫片刻，然後尷尬大笑：「哈哈哈哈哈，果然不適用於你，我開玩笑的啦，你就等年底再申請看看吧！」

氣氛有點微妙，李啟陽聽得出來，翁國正並不是開玩笑的。認真做事反而不能如願，要搞破壞才能調走，這個邏輯雖然奇怪，但李啟陽聽得懂。

翁國正繼續滑手機，沒什麼話要對李啟陽講了。

李啟陽又站了一會兒，站到翁國正轉身背對他，不想理他，他才拿著罰單本離開。

我還是要調走！

他還是要調離這裡，調離斜角所，他要親自去分局一趟，問清楚到底是怎麼一回事。

斜角派出所沿著山路往下騎二十幾分鐘，就能到達三峽市區。所謂的斜角，其實是早期聚落的名稱，現為斜角里，是東眼山下的一個小村莊。

越往山下騎，賣吃的店就越多，派出所的同事多半都買菜自己煮，或者回家吃，為了省錢，但李啟陽不習慣，仍是吃外食比較多。

他一面往市區騎一面物色著午餐要吃什麼，最後鎖定一家自助餐店，中午可不是打擾長官的好時機。

「怎麼這麼晚還沒吃？」老闆娘問道，一面熱心地給他盛菜，盯著他看：「我們家妹妹兩個禮拜沒看到你了，還以為你調走了，說好傷心。哈哈哈，我開玩笑的啦。」

「她最近好嗎？」李啟陽問道，並專注地選著最後一道菜，在思考要吃蛋還是吃海帶。

他雖然沒穿制服，但也不方便停留太久。

「就說她也想去考警察。」老闆娘說道，話裡話外，暗示連篇：「她說當警察好帥，如果可以跟你當同事就好了，她也要去你們那個派出所。」

「蛤？她不是才高二？」

這時，李啟陽視線一閃，忽然發現店內有個熟悉的身影。

不會吧，竟然是她，葉亭莉！

李啟陽還記得她的名字，她坐在角落，戴著帽子顯得低調，並披著一件外套遮住了裙子。但李啟陽還是一眼認出，她就是剛剛在山上被開單的那個女生。

呃，快溜吧……

「阿姨，隨便幫我包一包就好，我要走了。」李啟陽趕緊說，並低著頭，不敢再看店內。

自古以來，和被開單的民眾待在同個地方就是大忌，要是被纏上，或被哀求撤單，就麻煩了，連對上視線都很麻煩。

說什麼來什麼，李啟陽才剛提起他的午餐，就被葉亭莉發現了。她直挺挺地盯著這邊看，和李啟陽四目交接，欲言又止。

「我……我要走了。」李啟陽隨便指了一個方向，轉身就離開。

他卻在門口撞上一個人的胸膛，差點就摔倒。

對方馬上拉住他的手，穩住他的重心：「抱歉！」

李啟陽抬頭看，對方身材高大，卻很客氣，讓李啟陽十分尷尬。

「你沒事吧？」他關心道，馬上為自己辯解，好像在球場上犯規一樣：「我什麼都沒做，我不是故意的喔。」

「沒有沒有沒有，是我沒注意到。」李啟陽一聽對方這麼客氣，連忙也客氣起來。

他穿著大學的校隊隊服，像什麼籃球隊的，額頭還綁了一個臭屁的頭帶，背後顯示的校名，正是李啟陽原本想調進去的那個轄區——三峽大學，三峽最忙碌的轄區。

李啟陽原以為自己已經很高了，沒想到對方比他更高，超過一百九十公分。

「你趕快進去吧。」李啟陽無意間用警察的口吻說道，帶點吩咐的語氣：「等等要是人潮來，就沒地方坐了。」

結果對方一踏進店裡，就大剌剌坐到葉亭莉身邊，兩人彷彿很親密。

情侶？學生？兩個人都是學生嗎？

李啟陽拎著便當，匆匆離開，內心五味雜陳。

倘若沒有讀警校，他現在也就是個大三學生，無憂無慮，青春任性。說不定也和他們在一起，打球聊天，不必為了工作煩惱。

葉亭莉還盯著店門外的李啟陽看，她身邊的男生卻拿起了一張紅紙，在大庭廣眾之下撕成兩半。

正是李啟陽開的那張罰單。

李啟陽嚇一跳，都看傻了，但事情已經發生了。

男生在為葉亭莉打抱不平，直接將罰單撕成兩半，嘴裡叨叨念念，便順手將罰單扔進桌上的小垃圾桶。

太過分了！

李啟陽看了生氣，腦袋亂哄哄的，感覺受到侮辱，悻悻然地離開。

撕罰單並不犯法，但讓人很生氣就是了。

旁邊停著一些機車，職業病讓李啟陽認出了男生的機車，最新、最漂亮的那臺就是了，安全帽有兩頂。

就是情侶吧？

李啟陽猶豫了一下，然後騎上機車就走。

他心裡越來越堅定，一定要調離這裡，他不能在斜角待到五十歲退休，像學長們那樣。

他還年輕，不需要養老。當初他因為畢業成績好，隨便選才選來這裡，現在他反悔了，要離開還來得及。在校時考的是學業和品行，現在考的就是績效，他已經開出一張罰單了，他要去找幫手！

警察分局的內勤單位，兩點才開始辦公，和派出所不同，派出所是沒在休息的，隨時隨地都要接電話或巡邏。

李啟陽這一班其實是送公文，本來就要跑分局。他除了帶斜角所的例行卷宗，也把罰單一起帶上了，他要自己問清楚狀況。

但他不是去問人事室，而是祕書室。

祕書室主任正在和幾個分局的長官泡茶聊天，和斜角所的交際景象沒什麼差別，但階級高了一個檔次：這些都是警官，比所長還大好幾級的那種。

李啟陽之所以敢過來，是因為他和主任有些交情，應該說，他和每個長官都有些交情。他在派出所就是負責跑腿的，有時候跑偵查隊協助送人犯、有時候跑交通組領裝備、有時候跑人事室送假單，所以大家都認識他，也知道他很勤快，不是分內的工作也會幫忙做。

不過，他和祕書室特別有緣，祕書室並不是一團祕書聚在一起，他們的工作從管理文書、員警心理輔導到公關發言都有，宛如警局的內務大總管。

李啟陽去年底被祕書室帶著一起去跟里長拜年，替分局做公關，從這個里到那個里，還有議員服務處。由於過程中需要喝酒，所以只能挑休假的警察去，李啟陽就被挑中了，這種要犧牲放假時間的苦差事才沒人想去。

結果李啟陽從天亮喝到天黑，足足喝了兩天，竟沒醉倒半分，還替長官擋了不少酒。官場上這種能賣肝的砲灰最是搶手貨，年輕人長得好看，又呆又笨好聊天，能哄地方鄉紳開心，主任從此就和李啟陽搭上了。

沒辦法，這年代的警察必須搞公關跟媒體，警局的小金庫與慰問品全靠地方捐贈，關係搞好了，各方資源就多。消防隊上週才來找主任討救兵，說想找有錢鄉親捐贈救護車，需要警局幫忙說說話。主任可樂歪了，倘若讓消防體系欠他們警察一個大人情，往後在三峽就能橫著走了。

「哈哈哈哈哈哈哈！」辦公室內傳來響亮的笑聲。

李啟陽一聽，就知道他們差不多要結束了，他趕緊在分局內晃一圈，把該送的公文都送完，最後回到祕書室門外。

主任從玻璃窗見到了探頭探腦的李啟陽，便把電視關掉，一下子來了興致，比了比時鐘，對在場其他人下逐客令：「改天再聊！」

「慢走慢走，明天再來。」人群逐漸離開。

李啟陽有自覺地迴避了一下，等聲音都消失了，才從走廊後面冒出來。

「今天也來送公文啊？」主任扶著他的背，帶他進入辦公室，眉開眼笑：「聽說你開到罰單了？」

「你怎麼知道？」李啟陽十分訝異。

「全部的人都知道，你們所長在群組幫你宣傳了，說他們今年達標了，才三月而已。」主任呵呵笑著，帶著一些諷刺。

但他諷刺的不是李啟陽，而是翁國正。

李啟陽照理說只是一個剛畢業的小咖，卻連開罰單、調地的事都搞得人盡皆知，還不是背後有人在操縱。

只有李啟陽自己不知道，他早已成了全分局的焦點。

「你要調所的那個報告我有看到，你要不要調來我祕書室呀？」主任問道，才說不到幾句話就拋出重磅邀約。

調祕書室？

李啟陽驚訝地坐下來，一時之間還搞不清楚狀況。他是來打聽調職的沒錯，但他要調的是派出所，怎麼會突然變成調祕書室？

祕書室也有基層警察的缺額，但畢竟是內勤，又接近權力核心，所以透過一般管道根本進不去，都是靠長官提攜，一人拉一人才摸得進來。

主任的階級比所長還高，主任老早就注意到了李啟陽的調令，倘若要調，他可得先攔截，李啟陽這個喝不醉的活寶必須優先調來他祕書室，調去別的地方做什麼？

李啟陽調不成，背後就是主任和翁國正的角力，這兩個警官各自都有私心，兩人都想搶李啟陽，因此調令當然過不了。翁國正還不停在手機群組宣示李啟陽對斜角所的重要性，不知道想演給誰看。

「你調來這裡就不用上警員班了，負責交際，偶爾跑個婚喪喜慶，多棒啊。」主任說道，並泡茶給李啟陽喝。

李啟陽卻還處在混亂中，不明白為何忽然多出新的選項。

「但我沒有想調分局，我想去峽大所。」李啟陽直接提出自己的訴求，把單位名稱說出來，茶也不喝了，他越想越不妙：「我同學就在峽大所。」

「幹嘛去峽大所？」主任沒弄清楚狀況，心不在焉地盯著李啟陽看，對裊繞的茶香很滿意：「那裡那麼忙，在我這裡多好，不用處理報案，還不用上夜班，爽歪歪。」

我沒有要爽歪歪呀！

李啟陽昏倒，所長和主任，一個要他擺爛，一個要他爽歪歪，怎麼淨出一些餿主意，根本不曉得他要什麼。

「你真的不想調內勤喔？」主任盯著李啟陽手裡的罰單本，若有所思，他多少知道李啟陽的個性，隨和但不隨便：「你很想調峽大所？」

李啟陽趕緊點點頭。

主任想了一下：「光靠開罰單沒用的，你要做一些更刺激的事，才有可能離開原單位。」

「什麼事情？」李啟陽有不妙的預感：「刺激？」

該不會又是搗亂？

主任卻笑著搖頭：「你要證明自己值得去更好的地方。」

李啟陽被主任的話給激起希望：「要怎麼證明？」

主任見李啟陽上鉤了，便大發慈悲地公布答案：「你只開罰單沒屁用，你要抓案件給長官看，讓他們知道把你放在斜角所是浪費。」

抓案件！

主任的話完全打在李啟陽的心坎上，是呀，他就要用這種方式離開斜角所，他才不要擺爛，他想證明自己有能力，不應該在山上混吃等死。

「那我要怎麼做？抓案件？什麼案件？竊案嗎？刑案？」李啟陽殷切地問道。

「你要抓酒駕。」主任說出關鍵字，他對轄區還是很熟的：「那是你們斜角所比較好找的案件，其他什麼毒品、通緝犯，你就別想了，找不到。」

李啟陽猛點著頭，不禁對主任興起一股尊敬，薑還是老的辣，長官果然知道得很多。

主任站起來，看著窗外，用背影對著李啟陽，心裡正在使壞，有點不忍。但既然李啟陽自己撞到槍口上了，他只好親手推一把，讓李啟陽澈底地離開斜角所，再也回不去。

到時候要調去哪裡，就好辦了，必須來他祕書室。

「你真的很想調走嗎？」主任意味深長地問道，再次確認。

「對！」李啟陽回答，也跟著站起來。

「你們轄區有間溫泉會館，你要抓酒駕就去那裡抓，現在又正是季節，遊客很多，他們在裡面都會小酌，你只要埋伏，遲早會等到。」主任提點他。

李啟陽愣了一下，內心波濤洶湧。

哇，對呀！抓酒駕的原理跟開罰單一樣，都不能挑本地人下手，要找遊客。以前就聽學長說過，酒駕要去溫泉會館抓，原來是真的！

主任回頭瞄了李啟陽一眼，實在不太放心。

其一，計畫不一定會按照他的盤算走；其二，李啟陽也沒能力獨自抓酒駕。

「你會抓酒駕嗎？」主任懷疑地看著他：「看你是很會喝酒啦，但你有抓過嗎？」

「沒有，我們所又不要求酒駕，學長也沒在抓。」李啟陽回答，卻不怎麼沮喪：「但學校都有教，我實習的時候也有用過酒測器，我應該會。」

能抓到也好，抓不到也罷，主任決定放牛吃草：「那你就試試看，重點是，這件事你要偷偷來，不能讓你們所長知道。」

不然又會被干擾對吧？嘿嘿，那我一定要靠自己的能力抓到！

「只要抓到酒駕，我就能調峽大所了吧？」李啟陽滿懷信心地問道。

「有可能，我沒說一定。」主任提醒他，拋以同情的微笑：「如果沒調成，再來我祕書室。」

其實，在他們這種鄉下，抓酒駕的難度非常高，一旦酒測值超標就違反刑法，最高還可以罰到十幾萬元，這可怎麼抓呢？隨便抓一個當地人，都會鬧翻天，裡外不是人。

主任坐下來，親自給李啟陽講了許多步驟，他身為警官，雖然沒辦過案，但大方向還是懂的。兩人就這樣，足足聊了有一個多小時，把星星之火聊成了熊熊大火，誰來都擋不住。

新的任務出現了，李啟陽覺得幹勁十足！

留給李啟陽的時間並不多，這批櫻花盛開所帶來的遊客潮只會持續兩到三個禮拜，他得在這短短的時間裡達成目標才行。

第三章

下午四點多，李啟陽準時上山，回派出所。路上他順便幫學長買了些菸和零食，全塞進警用機車的車廂裡，空位十分大，要塞水果都可以，跑腿專用。

就在他接近派出所時，山路上出現熟悉的身影，有個女孩拿著手機在拍櫻花樹。她東走走西看看，手機時而舉起，時而放下，似乎都沒找到滿意的。

怎麼又是她？

李啟陽嚇一跳，放慢車速，騎著機車，僵持在拐角處。

又是葉亭莉，李啟陽實在想不透，她怎麼又返回山上。他陷入進退不得的窘境，路只有一條，要不就硬著頭皮衝向派出所，要不就退回遊客中心。

葉亭莉卻有所感應地轉過頭來，和李啟陽對上視線，她聽到了引擎聲。

「嗨！」她朝他打招呼。

李啟陽警戒不動，葉亭莉卻對著他一笑，開口就道歉：「對不起。」

「怎麼了？」李啟陽愣住。

「撕了你開的罰單，他不是故意的。」

呃，妳知道我有看到啊？

「那妳現在要怎麼繳罰單？」李啟陽問道，就當事情已經過了，他先幫葉亭莉煩惱這一點：「丟到垃圾桶，妳有撿回來嗎？」

「沒有。」葉亭莉搖了搖頭，陷入思索。

「妳去便利商店找那個機台，可以重新印出來。」李啟陽告訴她解套方法：「或直接去監理站也可以，要帶證件。」

「謝謝你，你真熱心。」葉亭莉點頭致意。

此番對話卻怎麼想怎麼奇怪，被罰錢的是她，現在卻向開單的警察道謝，原本對立的敵人都不像敵人了。

「那我可以順便向你問路嗎？」葉亭莉進一步問道，簡單幾句話，就成為兩人破冰的開始。

李啟陽不由自主就朝她騎過去，沒想那麼多了：「妳要去哪裡？」

「這附近是不是有一棵百年櫻花樹？」葉亭莉看著手機，朝四周打量，最後目光落在李啟陽臉上：「網路上有寫，但我怎麼找都找不到。」

李啟陽看了一眼她的手機，指向道路遠處：「在山的另外一邊，要開車才會到。」

百年櫻花樹不算三峽知名的景點，在當地人眼裡並不特別，就是森林中一棵樹齡久遠的櫻花樹，人們確切不知道它幾歲，久而久之就謠傳它有百歲。

「你果然知道要怎麼去。」葉亭莉勾起嘴角，望著李啟陽的臉龐，接著打量他的衣著，從手機翻出一張照片，亮給李啟陽看。

那是李啟陽替祕書室拍的形象月曆照片，十二個月份，一張又一張的，都穿警察制服。有的舉槍，伸張正義；有的看筆錄，專注破案；有的笑容滿面，宣揚警察的好；有的汗流浹背，訴說警察的辛苦。

其中，最特別的一張就是在百年櫻花樹拍的：李啟陽站在樹邊，抬頭看漫天花瓣飛舞，瞳孔閃爍，十分耀眼。

旁邊還有一個漂亮女警，但被葉亭莉用手指壓住了。

李啟陽頓時傻了，葉亭莉竟能找到這個東西——祕書室搞公關可不是搞假的，剛畢業那時，他幫祕書室拍了一組宣傳照，意外在社群軟體爆紅，這才惹得主任垂愛。

這年代的警察很喜歡搞這一套，拉近與老百姓之間的距離。李啟陽不僅讓斜角所的櫻花更加出名，三峽分局的名聲也跟著上來。

主任閒來沒事就抓著他吹牛，桌子上還擺著李啟陽拍的警察月曆。皮鞋擦得亮亮的、制服穿得美美的，有花、有樹、有警車、有「三峽分局」四個大字。清新俊逸，笑容燦爛，旁邊還搭了個漂亮女警，意義簡單明瞭。

「你是這裡最厲害的警察吧？都當代言人了。」葉亭莉直覺地說道，能上雜誌或月曆的人，肯定值得信賴。

「不、不是啦！」李啟陽愣了一下，趕緊解釋：「我一點都不厲害，那只是宣傳照！」

「也要有兩把刷子才會被選成代言人啊？」葉亭莉盯著李啟陽看，被宣傳照上的警察開單，她這輩子應該不會再遇到了。

「他們只選年輕好看的，妳沒發現上面都沒有老警察嗎？」李啟陽著急，他絕對沒資格被說厲害。

「你是在說自己很帥嗎？」葉亭莉笑出來。

「妳去哪裡拿到這個月曆的？」

「學校發的，還貼了好多海報，反毒的、反詐騙的，都有。」

李啟陽捂住額頭，覺得丟臉、後悔。

早知道就不要跟主任去拍照了，竟然貼得到處都是！

葉亭莉靠過來，找角度故意看他的臉，並揮揮手中的月曆：「可以帶我去這個地方嗎？警察先生。」

「不可以呀，我在上班耶。」李啟陽感到混亂，這就是他不想待在斜角所的理由，都沒有一點警察的樣子：「我又不是計程車，我可是警察欸！」

「我以為警察是人民的保母。」

「保母也不是這樣用的。」李啟陽刻意拿出罰單本，甩了甩。

「可是，我的時間不多了……」

「什麼時間？」李啟陽皺眉，覺得不對勁。

葉亭莉微笑，再次詢問：「可以帶我去那裡嗎？百年櫻花樹。」

翁國正從二樓走下來，掃視了一樓的眾人，問道：「啟陽呢？怎麼還沒回來？」

值班的老警察看了眼桌墊下的班表，一邊用電腦聽歌：「他去分局送公文。」

「早該回來了。」翁國正走到桌子旁，抽出班表查看：「打電話給他。」

「哈哈哈，你幹嘛那麼擔心他，都半年了，還把他當學生喔？」

眼看叫不動，翁國正拿起桌上的有線電話撥打，自己聯絡李啟陽。

他不是擔心李啟陽走丟、迷路，他是擔心分局那幫傢伙耍花招。李啟陽被祕書室挖角，他不是不知道。

他不同意。

並非因為李啟陽有多厲害、多重要，他情願讓李啟陽調走，去峽大轄區，甚至離開三峽，也不想讓他去祕書室，被人利用。

照他們那種應酬方式，早晚喝酒喝死。李啟陽之所以喝酒喝不醉，還不是被他提點過：他教過李啟陽，一旦喝了酒，就要找機會去廁所催吐吐掉，避免傷身，這才締造李啟陽的不倒傳說。

結果，這麼拙劣的老伎倆到現在還沒被拆穿，甚至還成為繼續喝下去的理由，他懷疑，分局那夥人根本是故意的，故意視而不見。

他剛畢業那幾年，就是這樣喝酒喝壞身體的，導致才四十幾歲，健康檢查就亮紅燈。他好不容易託關係找門道，才有幸調來斜角所調養身體，要是繼續待在市區，早晚得過勞死。

「打不通。」翁國正放下電話，然後指示下屬：「他回來再跟我說一下，麻煩了。」

值班的老警察在滑手機，根本沒注意到翁國正說了什麼。

「不能去百年櫻花樹。」李啟陽婉拒了葉亭莉，兩人還在派出所的拐角處僵持著。

他抬頭看了一下天氣，悶熱多雲，是要下西北雨的徵兆：「等等可能會下雨，現在過去太危險了。」

「下雨為什麼會危險？」葉亭莉納悶，她也跟著看天空：「狂風暴雨嗎？」

櫻花樹的位置不在正規道路上，必須沿著河道走才能到，汽車還開不進去。而這座山、這條大豹溪十分危險，要是溪水暴漲，那可不是開玩笑的。

「每年就是好多人亂闖，才會出事。」李啟陽解釋道：「改天有機會再去吧，就算是改天，妳也不能自己去，來之前先到我們派出所問一下。」

葉亭莉沉默，想了一下：「難怪，難怪網路上說，那棵櫻花樹有溺死的冤魂附著，所以每年春季會開得比別的樹還早。」

溺死的……冤魂？

李啟陽不懂：「我們派出所就很多櫻花了，為什麼一定要去百年櫻花樹？」

「我想拍攝已經凋謝的花苞。」葉亭莉講起自己想找百年櫻花樹的理由：「如果它比較早開花，應該也比較早凋謝吧？」

「所以妳才說時間不多嗎？」李啟陽恍然大悟：「我還以為妳出了什麼事呢。」

葉亭莉翻起自己手機的一些照片給李啟陽看，都是她剛才拍的照片，幾乎將整條山路的櫻花樹都拍過一次了，好像偵探在搜尋什麼。

「為什麼要拍凋謝的？」李啟陽好奇地問道，照片已經翻到底了。

葉亭莉猶豫了一下才回答：「是我的學期作業。」

在櫻花盛開的季節，葉亭莉想拍攝一系列的花朵照片，作為期末的報告。

李啟陽記得她的出生日期，罰單上有寫，他們是同年的，都才二十一歲——像李啟陽這年紀當警察並不奇怪，他們都是高中就進入警校訓練，滿二十歲就開始執法；而葉亭莉這時才大學三年級呢，有作業很正常。

「妳就這麼大老遠上來呀？」李啟陽觀察了附近，沒看到任何交通工具：「是他載妳上來的嗎？」

「誰？」葉亭莉脫口而出，喊了個人名：「林維穎嗎？」

聽起來怎麼不像男朋友？直呼全名耶。

「呃，他，你剛剛看到那個男生，是我系上的學長。」葉亭莉開始自顧自解釋，比手畫腳：「你沒聽過他的名字嗎？」

「我為什麼會聽過他的名字？」李啟陽疑惑，仔細回想，沒任何印象。

這時，派出所門口，翁國正已經探頭出來了，東瞧西找，顯然聽到了李啟陽的聲音。

糟糕！

李啟陽趕緊牽著已熄火的機車，帶著葉亭莉，躡手躡腳地躲進樹林裡。

「妳先走吧，我要回去上班了。」李啟陽悄聲說道，摸了摸自己的鼻梁，沒摸錯，有雨滴落下了：「已經下雨了，不要再往山上走。妳要怎麼下山？」

「我用走路的。」葉亭莉回答，和李啟陽一起蹲在樹後，覺得很好笑。

「妳走那麼遠上來？」李啟陽十分驚訝。

葉亭莉從包包中拿出了傘，順勢撐在兩人頭上，並往外瞧了翁國正一眼：「你幹嘛那麼怕那個人？他是誰？」

我不是怕，我是想起自己有個祕密任務，要抓酒駕！

而這件事不能讓翁國正知道才行。

「反正，現在也不能再玩了，妳要去百年櫻花樹，改天我再帶妳去吧。」李啟陽說道。

「你要帶我去？你說的喔！」葉亭莉燦爛一笑，抓住了這個語病：「那就說好囉，我到這裡就能找到你對吧？」

李啟陽望了一眼派出所，翁國正已經不見了：「對，沒意外的話我都會在派出所。」

葉亭莉站起來，潔白的膝蓋在李啟陽眼前晃過，一頂帽子就忽然戴在他頭上。雨嘩啦啦落下，葉亭莉將自己的帽子給李啟陽遮擋，拿著傘就跑走了。那身影比山裡的各種小動物都還敏捷，一下子就消失在山路盡頭。

李啟陽看得出神了，看了好一會兒，直到肩膀被淋溼才站起。

斜角派出所的樓上有宿舍，像李啟陽這種沒有成家立業的人，基本上就住在派出所裡，沒人打擾，學長下班就下班了，很少上來走動。

李啟陽在樓梯口燙衣服，雖然克難，但這裡空間大，又有插座，晚上沒人的時候，就是他的地盤。

他一邊整理警察制服，一邊分心，在腦海裡沙盤推演，煩惱著抓酒駕的事情。要靠自己的力量，從無到有變出績效來，他還真不知道該怎麼做。

主任只教他可以去溫泉會館抓，然後呢？流程他是略懂，但具體怎麼抓，說來容易，做起來難呀！

唉。

李啟陽拿著燙好的制服到大鏡子前，擺在自己身上比了比。是耀眼乾淨，跟新的沒兩樣，但他配得上嗎？

他無精打采地收起熨斗，帶著制服回到寢室。

桌上，擺著祕書室幫他拍攝的警察月曆，照片裡的他笑著比讚，胸前的警徽閃閃發亮，神情俊逸。

他只瞄一眼就將月曆按倒在桌上，不想再看見自己的臉。

他原本對月曆沒想法的，主任送了一堆過來，堆在倉庫，他就順手拿了幾個擺在房間裡。但遇見葉亭莉之後，他突然有股罪惡感，覺得十分心虛。

能成為警局的代言人，一定很有能力！

她是這樣說的，但大錯特錯，他現在連酒駕都搞不定，哪裡有能力？

外頭傳來窸窸窣窣的聲音，雨還在下著。

葉亭莉的帽子掛在牆上，已經被他擦乾了，得找機會還給她。

李啟陽打開窗戶，夜色很深，遠處只有一盞路燈，最亮的就是他們派出所了。

這個時間，派出所已經打烊了，他們派出所是會打烊的，不像其他派出所，全年無休。

隔天一早，葉亭莉又來了。

李啟陽站在二樓陽台晒衣服，望著她從山坡下走來，立刻像觸電一樣停止不動，然後著急地將自己的內衣褲都收進來。

她今天穿著襯衫，還揹了台單眼相機，與昨天仙氣飄飄的樣子截然不同，擺明了有備而來。

就這麼想看百年櫻花樹嗎？

葉亭莉也發現了他，山路曲折，還有一大段，她先喊了一聲：「嘿，你這麼早上班嗎？」

「我住這裡！」李啟陽對著她回答，像在隔山互喊。

李啟陽想想不對，轉身套了件衣服又出現。他好歹也是形象大使、看板人物，即使不穿警察制服，也不能太居家，雖然派出所就是他的家。

葉亭莉還在走，昨晚的雨打亂了櫻花，但不嚴重，打掉了一些，也洗乾淨了一些，更顯清新亮麗。

嗯？公車站離那麼遠，她是怎麼上來的？

李啟陽陷入疑惑，一般看到遊客一定會看到車，不是汽車就是遊覽車，很少有人用走的上來。

該不會從公車站那裡走上來吧？

李啟陽一溜煙下樓，在葉亭莉到達前，已經站在院子裡。

滿地都是爛掉的枝條和花，葉亭莉舉起手機，微笑：「我查過了，今天好像不會下雨。」

「妳要怎麼去櫻花樹？」

「用走的。」她回答。

「妳從公車站走過來？現在還要走上去？」李啟陽納悶。

「對呀，爬山。」葉亭莉已經走到了派出所階梯下方，她低頭檢查相機：「我要趁這個假日，把照片拍完。」

她真的是從山下走上來的，未免也太遠了吧？

李啟陽很驚訝：「妳住哪裡？這裡離你們學校不是很遠嗎？」

「你怎麼知道我是什麼學校？」

「昨天看到了，他的衣服有寫峽大。」李啟陽提起她那個學長。

葉亭莉不動了，她抬頭打量李啟陽，心裡五味雜陳。

從這學期開始，她就搬離學校了，學校宿舍需要抽籤，她沒抽到，學區附近的租金又很貴，所以她就搬到了東眼山下，住在一個每月不到四千元的地方。

李啟陽昨天給她開了一張五百元的罰單，真是不小的經濟打擊呢，因此學長才會氣不過，把她的罰單給撕了。

「昨天我們約好了喔，你說要帶我去櫻花樹。」葉亭莉說道，語氣有些調皮：「可以坐警車嗎？」

果然，我就知道不可能用走的！

「警車是用來載犯人的。」

「我被你開一張罰單，也算犯人吧？」她故意耍賴皮。

她原本的生活很優渥，租金不是問題，只是她和爸爸吵架了，所以從這學期開始，她堅決不再用家裡的零用錢，才會引發一系列沒錢的麻煩。

「我和家裡吵架了。」葉亭莉看著李啟陽的眼睛，想說出來：「昨天又被開單，最近運氣真的很不好。」

「為什麼吵架？」

「是一件很奇妙的事情。」葉亭苦笑著說道，想著晚點再告訴李啟陽：「那你呢，今天也要繼續開單嗎？」

「嗯，不過昨天那張罰單跟這個比起來，是小巫見大巫。」李啟陽靠在樹邊，不知不覺就和葉亭莉聊起來，他也有他自己的煩惱：「是酒駕的罰單。」

「酒駕？」葉亭莉被引起了興趣，她偶爾在路上看過抓酒駕的臨檢點，陣仗很大，像檢查哨一樣。

「哈哈哈，我們這裡沒有那種臨檢點啦。」李啟陽笑道：「山上欸。」

設臨檢點要有四個警察，他們哪來這麼多人力？況且，設了也攔不了幾臺車，人口太少，根本沒有條件去設。

「那你怎麼辦？」葉亭莉好奇地問道。

「所以要抓酒駕很難。」

酒駕罰得很重，算得上是難度最高的罰單，卻也是證明自己實力的好方法。葉亭莉將李啟陽當模範警察，李啟陽便道出自己的苦衷。

「我想調離這個地方。」他說道：「抓酒駕是唯一的辦法。」

只要完成主任交代的任務，有祕書室相助，在長官面前美言幾句，他應該就能如願。

「為什麼想調離？」葉亭莉又問。

「因為在這裡當警察很無聊，只能看山、顧派出所、騎車兜風。」李啟陽列舉了他這半年來所做的事情：「警察應該有更重要的使命吧？」

「但還是要有人顧山呀？」葉亭莉回答，卻眼睛一亮，認為李啟陽和自己是同路人，都很有理想：「你想調去哪裡？」

「去你們學校附近。」

「咦？哪裡？」

李啟陽看向葉亭莉：「派出所，你們學校附近有一間派出所。」

太陽越來越大，李啟陽最終還是答應要帶葉亭莉去看百年櫻花樹，他畢竟承諾過人家。日子總是平淡無聊，突然有機會到處逛逛，也沒什麼不好。

女孩子的邀約，他怎麼能拒絕？沒穿制服，自然也不用揹什麼包袱，

「我……那我去拿鑰匙、換件衣服。」李啟陽指著派出所說道。

「你不用上班嗎？」葉亭莉看著他的背影問道。

「我下午才上班，時間很多。」

李啟陽衝回樓上，心臟跳得有些快，自從來到斜角所，他的機車除了載學長，就沒載過其他人了。

他洗了把臉，換掉衣服，在鏡子前來往幾次，被月曆上的自己影響，便搭了件風衣，看上去多了幾分威嚴，身形一下子高大起來。

葉亭莉穿得很單薄，腿腳露在外面，等會兒要是山裡起冷，他的風衣還能給她有個照應。

結果，牽機車的時候，葉亭莉才知道，原來李啟陽要騎的不是警車，而是自己的私人機車。她失望了一會兒，還以為自己真能坐到警車呢。

「妳戴我的安全帽嗎？」李啟陽將一頂黑色的安全帽遞給她。

「那你呢？」

「我戴學長的。」李啟陽回答，並聞了一下手上的安全帽。

兩人相視，有種奇妙的感覺，明明才剛認識，竟然說出發就出發？

機車駛過山腰的遊客中心後，就再也沒有紅綠燈了，李啟陽順著河道，彎了一條小路，從派出所後方繞往山上。太陽不大，有點雲朵，空氣涼爽。葉亭莉雖戴著安全帽，也感覺十分涼快。騎了一段後，他們算遠離櫻花盛開的小道了，空氣中那股甜甜淡淡的花香也逐漸消失。

葉亭莉忽然想起一個問題，便問道：「你有開過槍嗎？」

只要是警察，都有開過槍，在打靶訓練的時候，但葉亭莉顯然是問他有沒有對真人開過槍，李啟陽心血來潮，故作懸疑地說：「妳猜呢？」

「應該有吧。」葉亭莉說道：「我看電視上警察滿常開槍的。」

哈哈，怎麼可能啊，我才剛畢業沒多久耶！

「我沒有啦。」李啟陽回答：「這裡哪有壞人可以開槍。」

「說得也是。」葉亭裡若有所思，其實是在為下個問題鋪墊：「那你有打過人嗎？」

「打人？」

「對啊，用警棍之類的。」

「也沒有啊，沒機會。」

兩人聊著聊著，機車也駛進深山了，氣溫一下子降低很多，李啟陽不久前才著想著葉亭莉會不會冷，結果葉亭莉卻從自己包包裡拿出外套披上，反而問李啟陽：「你會冷嗎？」

「我不會。」李啟陽笑道，捏了捏身上的風衣：「我穿很厚。」

一絲髮香飄來，令李啟陽心曠神怡，他有很久沒載過女生了，上次載，好像是高中的時候了。

「快到了。」李啟陽提醒道。

機車已經駛進了深山，沿著溪流，小路兩旁的植被發生一點變化，多了許多高大樹木。李啟陽憑著學長講過的位置，很快就林中看到一片特別荒蕪的區域，周圍只有落葉，沒有任何植被。

「妳看。」李啟陽停下機車，比著林中深處給葉亭莉看，並悄悄熄火，不由自主地連音量都降低了。

在林中有棵彎曲的樹木，腰圍被繫上了紅絲帶，那是當地居民給神樹繫上的。它看起來垂垂老矣，並沒有很高大，卻有種靈性。

彎曲的樹身只有三公尺高，枝節發展並不宏大，但以櫻花的生長速度來說，這棵樹已經有百年歷史。葉亭莉也被它的模樣給吸引了，就連空氣中的櫻花香氣彷彿也和山下的那些不一樣。

「這就是……百年櫻花樹？」葉亭莉問道。

兩人緩緩走近，將機車停在路邊。林子裡散落著點點花瓣，櫻花開得正是時候，方圓幾十公尺，就只有這麼一棵櫻花樹，它落下的果子種子貌似都沒有長成樹，沒搶奪了祖宗的光彩。

「好滄桑的一棵樹。」葉亭莉說出她的感想，並拿起脖子上的單眼相機，想給櫻花樹拍一張照。

樹一旦年歲久了，往往會被冠上神木的稱號，認為有神靈寄居在上頭。但這棵櫻花樹並不出名，算私藏景點。不遠千里來參觀它的遊客，看到真面目都會失望。

葉亭莉繞著櫻花樹，東看西看，拍照。李啟陽跟在她身後走，也打量著花朵與枝條。

記得她是要拍凋謝的？

「我們好像太早來了，再過幾天，花應該就謝了。」

「不要緊，我們過幾天還可以再來。」葉亭莉回答。

李啟陽找到了一根凸起的樹幹，和葉亭莉一起坐在上頭，葉亭莉還另外準備了三明治，是剛才路上順便在早餐店買的，就地和李啟陽吃起來。

「妳為什麼和家裡吵架？」李啟陽記得這件事。

「說來話長。」葉亭莉嘆了一口氣：「主要是我爸爸，我們理念不合。」

「什麼理念？」

「政治理念。」

政治？

李啟陽有點頭緒了，最近常聽到派出所的前輩也在吵政治問題，電視新聞多少播到，兩番人馬各執一詞，吵翻天。

「我們派出所也會講到。」李啟陽思索著：「但妳被家裡斷了經濟，會不會太嚴重了啊？」

「我不是被斷了經濟，我是自己不跟家裡拿錢。」葉亭莉強調，不希望被搞混：「反正我是不會認輸的。」

好激動。

李啟陽開始感覺到，葉亭莉的脾氣很倔，不管做什麼都要占上風。

他不好意思再問下去，即使問了，他不懂，也無法回應，只好換個話題：「我剛來的時候，學長們一直交代，不要來這棵樹。」

「為什麼？」

「他們說會觸霉頭。」李啟陽苦笑：「警察有時候很迷信，他們說櫻花樹活得太久，會聚陰，要是來了，會招來不好的案件。」

「例如呢？」葉亭莉還是沒聽懂。

「就是溺水呀。」李啟陽指著旁邊的溪流說道：「隨便跑來看，會招來溺水的案件，增加派出所的困擾。」

「哪有這種事？」葉亭莉笑了：「根本沒有科學根據呀。」

「嗯啊，但他們這麼想，所以我也不敢隨便來。」

這就和那個，工程師在機臺上面都要擺「乖乖」餅乾；路過喪禮會場時不能亂講話；服務業不能隨便說「好閒喔」、「都沒事做」一樣。各行各業都有玄奇的迷信。

「我以為警察是正義的化身，完全不怕鬼呢。」葉亭莉覺得有趣。

「並不是怕鬼，只是警察是一個大團體，更重視前輩留下來的傳統和規矩。」李啟陽若有所思：「像中元普渡的時候，公家機關都一定會拜拜的，派出所更不用說。」

「那我們已經觸霉頭了，怎麼辦？」葉亭莉望著眼前的櫻花樹問道。

陽光從頭頂的樹枝透下，光點閃爍，有些刺眼。

她突然想到什麼，便蹲下來，從包包中掏出了一個紅色的小護身符，埋進土裡，埋在大樹的中線，塞進樹根之中。

「那是什麼？」

「我爸之前給我的護身符，說是從非常有名的廟裡求的。」

「那麼重要的東西，妳埋起來幹嘛？」李啟陽都看傻了，眼睜睜看著它被土蓋住。

「我留著也沒用，不如用來中和霉運，看能不能和你們警察的詛咒抵銷。」她打趣地說道，顯然不將護身符當一回事，也不將櫻花樹的傳說當一回事。

「那不是妳爸給妳的嗎？」李啟陽皺著臉，看得都有些難受了：「幹嘛吵架吵成這樣？如果是我爸給我的，我一定每天戴著。」

葉亭莉不回答，只是倔強地將護身符埋得嚴嚴實實，就當作不要了。

「好了。」葉亭莉站起來，挺直腰桿，揮揮瀏海：「你那個酒駕，你說要去溫泉會館抓，是什麼意思？」她忽然提到。

她對李啟陽的酒駕罰單很有興趣，方才聽他說了一點，沒聽懂。

李啟陽還盯著埋護身符的地方看，出神，心不在焉地回答：「就是，我們這裡有一間溫泉會館，在山上那邊。」

山腰處有一間溫泉會館，裡面提供餐點與湯屋，有許多遊客慕名而來。而斜角的警察，長年要抓酒駕都是去那裡，總會有些願意冒險的遊客，會在飲酒後驅車上路，警察只要在會館附近的道路攔截就可以了。

「以前聽學長們說過，這是最好的方法，也是一個古老的方法。」李啟陽解釋道：「因為不能抓居民，所以只能去抓遊客。」

「為什麼不能抓居民？」葉亭莉十分好奇。

「因為居民跟我們都是朋友呀，平時也常常來往，有些還是民代或議員的朋友，不能得罪。」

「啊？還有這種事情？」葉亭莉十分驚訝：「可是警察執法不應該公正嗎？怎麼可以偏袒？難道

不會違法嗎？」

哪有這麼簡單啦！

李啟陽苦笑：「抓了居民，警察也很難做人呀，而且對當地人來說，喝一點小酒上路沒什麼，這裡很偏僻，路上都沒車，不會發生事故的。」

「但錯的事情就是錯的呀，這樣沒有違法嗎？」

葉亭莉表情複雜，價值觀被顛覆了。回想起來，她也是警察選擇性執法的受害者，那張五百元的罰單，莫不是也針對遊客？

「你什麼時候要抓呀？」她問道，沉思著，心裡有自己的盤算，想知道更多：「我可以旁觀嗎？」

「旁觀？」

「幫忙啦，我想幫忙。」葉亭莉趕緊修正說詞，深怕錯過這個機會。

她想看！

「妳要幫忙？」李啟陽瞬間思緒飛騰，試想著各種可能性。

他早就煩惱一整晚了，要想在溫泉會館抓酒駕，必須要有一個人在裡頭做內應。負責偵查有沒有遊客喝酒，出來的時候有沒有開車，外面的則在接到消息後，迅速在道路上攔人。

派出所裡沒人要給李啟陽做內應，那些老學長要是有心想幫忙，早就自己抓酒駕了，哪可能還給李啟陽當內應，因此李啟陽只能自己看著辦，現在遇到了葉亭莉能幫忙，簡直神來之筆。

李啟陽越想越興奮，所謂的內應就是線人的一種，既不會違法，也不會洩漏公務機密，線人不都是從黑道小弟或尋常百姓那裡找來的嗎？

「妳真的要幫我？」李啟陽眼睛一亮。

「但我不是警察，可以嗎？」

「可以呀，線人！內應！我以前實習的時候，帶我的師父也有！」李啟陽趕緊給葉亭莉解釋：「妳只是替我把風，觀察旅館裡面的狀況，不涉及公權力，沒問題的。」

「原來如此。」葉亭莉暗自忖度，對警察工作越來越了解：「你打算什麼時候行動？」

李啟陽都還沒回答，葉亭莉已經下定決心：「你說你下午上班對嗎？那我們下午就去？」

下午？未免也太快了吧？

李啟陽愣住：「妳幹嘛要幫我？」

「我是熱心公民呀。」葉亭莉燦爛一笑，不被看出破綻：「你帶我來櫻花樹，我總要回報一下吧？」

說完，她就拿出手機，開始查詢溫泉旅館的營業時間，比李啟陽還要積極。

她一直都對警察沒有好感，現在能近距離看警察辦案，她求之不得。

一切看似水到渠成，但李啟陽總覺得有哪裡怪怪的。只是，他找不到理由拒絕，他需要酒駕績效，非常需要。

第四章

兩人將計就計，約好就今天抓酒駕，心動不如馬上行動。

李啟陽都忘了自己是怎麼下山的，他要上班，葉亭莉要上課，但時間還早，晚上八點才會在溫泉會館集合，晚上才行動，因為晚上才開始有人喝酒！

事前的準備工作還很多呢，李啟陽躲在裝備室中，悄悄整理著抓酒駕的工具：有酒測器、罰單本、指揮棒等等，逐一做保養，免得到時候故障，貽笑大方。

「啟陽，在忙什麼啊？」賢哥從門外經過，狐疑地問道。

「沒什麼，我在整理而已！」李啟陽趕緊藏起酒測器，關上櫃子。

「不要隨便整理，東西能用就不要去動它，懂嗎？」賢哥不耐煩地交代道，有他自己的一套哲理：「之前就是有人太閒，去把無線電的電池亂換，結果好幾臺馬上就不能用了。」

李啟陽瞄了眼滿是灰塵的網路數據機，實在不敢恭維。他當初想用抹布擦乾淨，所長就警告過他不要亂動，那口吻簡直跟賢哥一模一樣，他們都有很多奇怪的規矩。

「不關你的事就不要雞婆，被你一碰假如故障，那鍋要算在你頭上，可沒人會幫你揹。」賢哥講出了公務員的邏輯，實在是刀子嘴豆腐心，一直站在門口，非得把他喊出來不可：「所長有叫你整理嗎？」

「沒有。」

「那你就出來。」

李啟陽只好順了他的意思，摸摸鼻子溜出裝備室。

他記得班表，今天所長不在，只要等大家都下班，他就可以為所欲為了。

風大，四面門窗早都關了起來。李啟陽坐在值班臺顧電話，但一整天也沒看它響過幾次。

斜角所事情很少，報案也很少，有時候整個禮拜都沒人報案。

在東眼山下有幾處溫泉口，靈敏的業者早在十餘年前就開起了溫泉會館，提供遊客泡溫泉與住宿的服務。而近年來更因為櫻花的關係，而流行起了喝櫻花酒。

所謂的櫻花酒，派出所的學長說，都是從市面上去買現成的便宜貨來賣，根本不是自己釀的。

這番話有些掃興，但李啟陽沒被影響，還是喝了幾次櫻花酒。他覺得味道不錯，就像特製的清酒，清酒中帶有櫻花的香氣，挺特別的。

太陽下山，派出所準備關門，前輩們都下班了。

李啟陽動作很快，三兩下將派出所打烊，然後趕到溫泉會館勘查。

七點多鐘，會館內有一大片日式庭院，柵欄隔著停車場，適逢櫻花季，停了七、八臺車，看來今晚很有機會。

李啟陽坐在機車上，坐得遠遠的，才在想要怎麼和葉亭莉配合，就見一個身影出現在會館裡。

怎麼會？她提早到了？

李啟陽揉揉眼睛，還以為自己看錯了，但葉亭莉確實坐在會館的茶廳，一臉專注地品嚐著飲料。

他嚇了一跳，心臟差點跳出來，拿起手機就撥過去：「妳怎麼會出現在裡面？」

「我先過來啦。」電話另一頭，葉亭莉回答道。

「不是說好八點才會合嗎？」

「學長有事，就提早載我過來了。」葉亭莉說道，不覺得有什麼問題。

又是學長，他們到底是什麼關係？

「怎麼了？我搞砸了嗎？」葉亭莉問道，開始往落地窗外打量，尋找李啟陽。

「妳先維持現狀，不要引起注意。」李啟陽掛斷了電話。

狀況有點嚴重，葉亭莉不按牌理出牌，可能會毀了他們的計畫。李啟陽望向溫泉會館的總櫃檯，那邊有個身材高挑，繫著髮髻的女子，她是會館的老闆娘，正在翻帳冊，一面望著會館的監視器。學長曾說過，老闆娘在抓酒駕這件事上，是他們警察最大的敵人。一旦她發現有警察的蹤跡，就會保護她的客人，讓他們坐計程車離開，或是待在店裡緩一緩，等酒精退了再出發。

老闆娘十分精明，平時有說有笑，但店裡誰是警察派來的臥底她都知道，葉亭莉這一瞎攪和，莫不是已經被她發現了吧？

李啟陽悄悄觀察，老闆娘和葉亭莉基本上零互動，各忙各的。李啟陽趕緊把葉亭莉叫出來，兩人到巷子裡說話。

「妳怎麼不說一聲就先跑來？」李啟陽問道。

「既然約八點，我就先來等呀。」葉亭莉說道：「順便調查店裡頭的環境，怎麼了？」

「那個老闆娘有跟妳說什麼嗎？」

「沒有，她怎麼了？」葉亭莉越聽越不懂。

「她對警察很敏感，她應該沒注意到妳。」李啟陽鬆了口氣，再次打量會館內部：「可是妳怎麼會點飲料？那裡面的飲料不是很貴嗎？」

「要演就要演全套，抓酒駕這麼嚴肅的事情，我還負擔得起一杯飲料。」葉亭莉理直氣壯地回答，比李啟陽還認真，將任務一肩扛起。

呃，好吧……

兩人回歸正題，開始討論計畫的細節。

葉亭莉繼續坐在那個角落偵查，大部分的客人在泡完溫泉，小酌一杯後就會離開。葉亭莉負責確認是哪臺車要出來，告訴李啟陽車號，讓他在外面埋伏。

正式行動！

李啟陽守在會館遠處的巷子口，坐在他的機車上，這是長期抗戰，至少要埋伏三個小時，不會那麼快結束。

回想起來，他第一次的埋伏經驗是在新竹，當時他在實習，跟著學長到一處社區住宅抓通緝犯。他們在廂型車上待了整整三天，輪流盯著大門口，尋找符合特徵的車輛或人物，吃喝拉撒都在車裡，睡也睡不好，真的很累。

但當時的累，卻是個很寶貴的經驗，那至少還有點警察的感覺，到了斜角派出所後，他就沒再經歷過類似的案件了。

叮咚。

葉亭莉傳了訊息過來，傳得煞有其事：目標車輛出現！是一臺銀色的休旅車，開車是一個中年男子，臉頰紅紅的。

李啟陽：車號呢？

葉亭莉：沒有看清楚。

李啟陽發動機車，準備攔查。

他等了半分鐘，果然見一盞明亮的車燈出現在路口，他沒有打草驚蛇，而是尾隨了車子一段距離後，才鳴笛將他攔下來。

他騎到駕駛座旁邊，敲了敲窗戶：「先生，不好意思。」

駕駛降下了窗戶，警戒地問道：「怎麼了嗎？」

「你剛才開車越過中線了喔。」李啟陽指出對方違規的地方，這是盤查的技巧，他之所以尾隨了一段時間才攔停，就是為了找理由：「能出示駕照嗎？」

「喔喔喔，不好意思。」駕駛趕緊掏證件，一面道歉，擔心會被開罰單：「真的沒注意到！」

李啟陽接過證件，看了看，卻意在他處，很快就放行了。

他的任務是抓酒駕，不是別的，剛才與司機說話，聞味道就知道答案了。這是警察的盤查技巧，不必問對方有沒有喝酒，只要和對方說話，就能從嘴中的酒氣了解個大概了。

他回到埋伏的巷子，繼續等葉亭莉的消息。

今夜不是很順利，一直到了十一點多，他已經攔查了三臺車，都一無所獲。他回首停車場的車輛，再這樣下去不是辦法，便將葉亭莉叫出來，打算採取另一個計畫。

「妳聽過酒促小姐嗎？」他問道，並從機車後座拿出一瓶他早早準備好的櫻花酒：「我們試試這個方法。」

「酒促？」葉亭莉當然知道這個詞，但她有不好的預感。

計畫是這樣子的，葉亭莉假扮成推銷櫻花酒的人員，在每個客人離開時用小紙杯裝些櫻花酒，提供給他們試喝。

「你認真？要我做這種事？」葉亭莉問道，滿臉都是懷疑。

「對，事到如今只剩下這個方法了。」

「那怎麼行！」葉亭莉深深地皺眉，手上抓著櫻花酒：「人家原本沒喝酒，你的意思是，要騙他們喝酒，然後再抓他們嗎？」

「我們沒有強迫他們喝，當妳給他們試喝時，他們有選擇的權力。如果他們喝了，還是執意要開車，存著僥倖的心態，就要自己負責。」李啟陽想也沒想就說。

「你真的覺得沒問題嗎？」葉亭莉十分訝異：「人家原本好端端的，因為我的關係喝了酒，被抓住……警察可以這樣辦案嗎？」

葉亭莉這番話讓李啟陽陷入懷疑，他原本不覺得自己有錯，方法是從前輩、從學長、從以前的師父那裡聽來的，也就是所謂的「釣魚辦案」，但被葉亭莉一提點，他頓時無所適從，心虛起來。

「不然就維持現狀吧，妳幫我偵查。」李啟陽無奈地說道，並看了一眼停車場的車輛：「剩下的客人也不多了，再抓不到就只能收工了。」

葉亭莉抿著嘴，還在思考剛才李啟陽要她做的事情，李啟陽怕她想太多，便搶回櫻花酒，藏起來不讓她看見，並推著她回到崗位去。

但才坐不到五分鐘，葉亭莉就透過手機傳訊息過來：

葉亭莉：你真的打算那麼做嗎？我聽過警察會栽贓犯人，沒想到在我眼前發生！

李啟陽看了訊息，額頭冒汗：忘記好嗎？現在最重要的是抓酒駕。

葉亭莉：我要怎麼忘記？你剛剛讓我當酒促小姐！

李啟陽沒回覆了，他也不曉得該怎麼回覆。

下一臺車出來了，李啟陽心不在焉地將它攔下，卻見會館那邊，葉亭莉也匆匆忙忙地跟了過來，幾乎是用衝的，跑到車子後面監視。

「先生不好意思，你剛剛車頭燈沒開。」李啟陽對著駕駛說道，和剛才一樣，指出對方違規的地方，提高自己攔查的合法性。

「喔喔，不好意思，忘記了。」駕駛趕緊說道。

「麻煩你出示一下駕照喔。」李啟陽說道。
駕駛拿出證件，遞給李啟陽，葉亭莉卻在這時從旁邊冒出來。
「妳在做什麼？走開！」李啟陽被嚇一跳，悄聲喊道。
「我看一下而已。」
「這不是妳能看的，我在執法！」李啟陽生氣了，葉亭莉真的逾越了她的身分。
「我要確保你沒有亂來。」
李啟陽直接將證件還給駕駛，放行，連查都不查了。
葉亭莉卻不依不饒，跟在他的屁股後方：「問你一件事，如果我在店裡看到喝醉的客人，我應該要眼睜睜放他走嗎？」
「什麼？」李啟陽皺眉，聽不懂她想表達的。
「你讓我待在店裡的目的，不就是要找喝醉的客人嗎？」葉亭莉說道：「如果我已經知道他要開車了，我還要放他走嗎？」
「妳不放他走，我怎麼抓他？」李啟陽反問，並牽著機車躲回角落。
「這就是問題所在！」葉亭莉激動地說道，被李啟陽的一連串行為給觸碰到了理智線，整個人發作起來：「我們本末倒置了呀，警察的存在是要預防犯罪，你既然知道會有人酒駕，就應該要去阻止，怎麼能讓他開車？」

李啟陽傻住，瞬間被問迷糊了。

葉亭莉說得對嗎？對，但卻不算什麼當頭棒喝，因為李啟陽依然不覺得自己有錯。

他的身分是警察，警察就是要抓壞人，就是需要酒駕的績效，所以他們才會辛苦地等在這裡。會酒駕的人就是會酒駕，你勸得了今天也勸不了明天，他就是需要他們開著車出來被他抓！

「幹嘛不回答我？」葉亭莉還追著他跑。

「妳太理想主義了。」李啟陽生悶氣。

「我哪裡有理想主義？我說的警察職責有錯嗎？」

「妳又不是警察。」

「是你叫我幫你的。」

「是妳說要幫我的。」李啟陽跟她吵，沒完沒了，像小學生一樣。

葉亭莉站在原地，不跟了，她看著李啟陽的背影，生氣地喊了最後一句話：「你們警察都一樣！」

警察都一樣？對，就一樣吧！

葉亭莉走了，坐計程車走了，她說她要省錢，結果叫了計程車，當著李啟陽的面離開。

算了！

李啟陽繼續在原地守候，內心卻已被打亂。

他一直守到凌晨一點，守到最後一臺車離開，才悶悶不樂地下班。

他沒有抓到酒駕。

派出所的電視沒關，正在上演一幕又一幕的抗爭畫面，警察和民眾你推我擠，在政府機關前面陳情示威。

李啟陽一回來，就先關了電視。

今年上半年可謂是多事之秋，執政黨的施政滿意度一再下降，社會對立嚴重，直到前幾天，一場學生運動爆發，圍繞著新的貿易政策，如火如荼地展開，在政壇引起動盪，逐漸演變成大型的街頭示威。

這場運動鬧得很大，抗議的人以學生為主，並在今天正式占領了立法機關，打開電視都看得到。

從月初到現在，李啟陽每天都聽同事在講，從小火苗講到如今的大抗爭。他自己是沒什麼政治立場，屬於不太關心政治的那種人，見到這麼多和他年紀相仿的人上街頭，他由衷覺得不可思議。

凌晨三點，李啟陽洗完澡，才準備要休息，葉亭莉竟然傳訊息給他。

李啟陽瞬間打起精神，趕緊擦乾頭髮，看手機。

他還以為他們之間結束了，吵翻了，結果竟這麼快又聯絡上。

——對於警察打人，你怎麼看？

她劈頭卻是這麼一問。

李啟陽坐在床上，沉思，他回想葉亭莉說過的話，一切好像都有解答了。

她是那個吧，政治狂熱者！

李啟陽看著手機，不知道該怎麼回覆。警察打人這件事他是知道的，學生運動發生了肢體暴力，警察用警棍打了學生，畫面被捕捉下來，在各大媒體版面放個不停。具體的狀況李啟陽不清楚，畢竟他不在現場。

李啟陽躺了一會兒，要關燈前才回覆葉亭莉的訊息。

李啟陽：妳是說抗議事件嗎？

葉亭莉不到半分鐘就回應了：對，有警察打學生，你怎麼看？

李啟陽：如果是正當防衛，沒什麼問題，我們執勤時會遇到很多危險。

葉亭莉：並不是緊急狀況呀，你有仔細看新聞嗎？學生們手無寸鐵，是警察為了解氣，攻擊學生，這才是真相。

李啟陽：呃，那樣的話，確實不太妥當。

葉亭莉：你不生氣嗎？

李啟陽沉默了一下，已讀，沒有回覆。

葉亭莉接著問：還是，你也站在你同事那邊呢？晚上你在抓酒駕的時候，我就有感覺了。

李啟陽：有感覺什麼？

葉亭莉：你今晚不是要我去當酒促小姐嗎？

李啟陽：妳有感覺什麼？

葉亭莉：警察不是正義的化身，根本就不正派。

李啟陽關掉了手機，不想管了。

葉亭莉才認識他不到兩天，就說他不正派，一點都不公平，但他卻不知道怎麼解釋，或許他真的不正派吧！

他承認，酒促小姐的事是他的錯，他不該那樣做。

叮咚。

葉亭莉又傳訊息過來，李啟陽趴在床上一下子，才又打開手機看了一眼。

葉亭莉：抱歉，我好像太激動了。

李啟陽眼睛一亮，稍微釋懷。

葉亭莉自顧自又說：其實我已經和家人吵過一次了。

噢，原來是在吵這個？

葉亭莉：我爸爸其實是臺商，這次的抗議害他損失好多錢，我們因為立場不同吵架。

李啟陽已讀，還沒想好要回什麼。

他去查了一下，才知道這項運動的訴求，是要退回貿易法案，重新審查，這自然影響到了許許多多臺商，包含葉亭莉的爸爸。

李啟陽：就因為這樣吵架嗎？

沒錯。葉亭莉回道，似乎還有些驕傲。

李啟陽：會和好嗎？只是政治問題而已，別傷了感情吧？

葉亭莉：這不是簡單的政治問題，這關係到我們國家的未來。

李啟陽沒把訊息看完：好好好，妳別激動，也許是真的很重要，但，家人間的親情也很重要不是嗎？

李啟陽繼續說：你們之間發生什麼我是不清楚啦，但如果真的因為政治而傷了和氣，好像不太值得。

這次換葉亭莉沒回訊息了，似乎是在思考，思考怎麼反駁。

李啟陽關上了手機，他想睡覺了，還是有點生氣。

葉亭莉這個人，真的很奇怪，像未經世面的小孩，活在自己的世界裡，有自己的原則和價值觀，而且很固執，關心的事情也很特別。

或許她比較有正義感吧？

李啟陽邊想邊睡，他原本也以為自己很有正義感，要以警察的身分抓壞人，結果出現了一個比他還厲害的正義魔人。

他們的距離忽然被推得很遠，李啟陽發現自己一點都不認識她。

不久前，她只是一朵停在遊客中心前的白花，那樣細心凝神地遙望遠方，誰也不曉得她在想什麼；現在，他知道她在想什麼了，卻反而離得更遠。

之後的幾天，東眼山都陰雨綿綿，鋒面來襲，水氣籠罩了整個地區，也給李啟陽乾燥無聊的執勤生活，帶來一點溼潤。

賢哥說，陰雨綿綿不可怕，最怕那種午後突來的暴雨，會導致溪水忽然漲高，將人溺斃。原本只及小腿的水深，有可能一下子就淹沒胸口，逃都來不及。

翁國正從山下的分局借來了一臺巡邏車，安排了「巡山」的勤務，兩人一組，負責巡視山區，勸導貪玩的遊客離開溪邊，並檢查各個熱門水塘的水位狀況。

剛好，李啟陽今天跟賢哥上班，不意外，他負責開車，賢哥則在副駕駛座呼呼大睡。這「巡山」大概就是斜角所最繁忙的工作了，一天得開五、六個小時的車，在山間繞來繞去，重擔落在李啟陽肩上，李啟陽卻樂在其中。

成為警察後，他只開過一次警車，為了載裝備回派出所，只開了一下子。他跟葉亭莉說過，警車是用來載嫌犯的，他卻連一次都沒載過。

「喂，這裡要拉線。」賢哥忽然醒了過來，指著前方的峭壁說道，並叼起一根菸，開窗準備抽。車外的冷空氣被吸進來，霎時除去玻璃窗的霧氣。李啟陽趕緊停車，探探外頭，接著打開後車廂，拿出黃色封鎖線往峭壁走去。

所謂的「拉線」，就是拉上封鎖線，前方的峭壁有條小路能通往下方溪谷，是遊客喜愛遊玩的場所，雖有立牌禁止戲水，但效果不大，形同虛設。平日官方睜一隻眼閉一隻眼，默許遊客下水遊玩，但在這種關鍵時刻，就必須拉上封鎖線，澈底禁止進入了。

李啟陽將封鎖線綁在立牌的桿子上，另一端繫著水泥護欄，打結，卻連連幾次都繫不牢，太滑了，沒有邊可以著力。

賢哥在車上看不過去，便下車幫忙。

「不是綁在那裡，是綁在這裡。」賢哥經驗老道地說道，他接過封鎖線，沒綁在護欄，而是往護欄纏了一圈，然後又綁回立牌的桿子上，等於用了兩倍的長度來處理，就像迴形針的形狀。

「原來還有這招啊？」李啟陽目瞪口呆，大開眼界。

「嗯，上車吧。」賢哥說道，將封鎖線丟回後車廂。

賢哥在斜角所待了超過三十年，對整座山早就熟悉無比，知道哪些關口該設封鎖線、哪些關口需要走下去巡視，比所長還要資深，很是讓李啟陽佩服。

而且賢哥看似散漫，其實十分精明。上一秒還在呼呼大睡，這一秒卻能馬上醒來，告訴李啟陽要設封鎖線，簡直不可思議。

「你會通靈嗎？怎麼知道我開到哪裡了？」李啟陽問道，並繫上安全帶。

「我跟你講，你那個封鎖線要綁好，假如颱風來不是開玩笑的。」賢哥提醒道，點出重點：「你綁那樣，有綁等於沒綁，要打三個結以上，最好是綁死，不然會被風吹走。」

車子繼續上路，往半山腰駛去，總之，他們的工作不是只有巡邏而已，還有一些雜七雜八的事情要做。

中午十二點過後，風雨忽然變大，李啟陽將車停在路邊，決定等雨小一點再繼續上路。他用無線電向指揮中心回報山區狀況，和賢哥在車上休息，拿出早上買的麵包吃，充當午餐。

賢哥吃飽後，反而不睡覺了，開始滔滔不絕向李啟陽講斜角所以前的故事，說他有多英勇。李啟陽是不相信啦，他知道學長資深，但斜角所事情有多少，大夥兒心知肚明，就算再會辦案，也無處施展吧？

「學長，如果我想調到走，應該要去哪裡比較好？」李啟陽話鋒一轉，問道：「臺北市怎麼樣？」

「你有病呀，調到臺北市？」

「我認真的呀。」

「臺北市，人口太多了，事情也多，而且現在又那麼亂。」賢哥搖搖頭說道：「你沒聽那邊的狀況嗎？加班的加班、超時的超時，現在這種時刻，你就別去自找麻煩了吧。」

學長指的亂，正是指學生運動，為了維持街頭秩序，這場抗議直接與警察相關。李啟陽時有聽聞，他在臺北的同學們除了要執行日常的勤務，還得被調派到抗議現場幫忙，颳風下雨都不能離開，苦不堪言。

亂？

李啟陽注意到了這個詞，便問道：「學長覺得那些抗議的人是亂源嗎？」

「當然啊，學生的本分就是讀書，不好好讀書，跑到街上鬧，真是一群容易被洗腦的傢伙，帶給別人這麼多麻煩。」賢哥嗤之以鼻。

無關乎政治立場，賢哥僅僅是因為對方給警察帶來了困擾，所以討厭這些人罷了。而這並不只是他一個人的想法而已，絕大多數的警察都不喜歡抗議人士。

「他們有很重要的訴求吧？」李啟陽再次試探，想知道賢哥對這件事的看法：「不然誰會沒事到街上抗議？」

「抗議歸抗議，不要影響到其他人嘛。」賢哥不耐煩地說道，用一句話就概括了他的結論，不想再講下去：「就不要給別人添麻煩！」

對警察來說，談政治就是無奈，只能冷漠以對，因為不管誰執政，警察都得維護他們，充當第一線的打手，唯命是從；此番對話也驗證了，在賢哥眼裡，這場抗議和以前的都一樣，都是「亂」，沒有討論的價值。

要是葉亭莉知道學長這樣批評抗議，肯定會氣得牙癢癢吧？

風雨變小之後，兩人也休息夠了，正想著要繼續巡山，這時無線電卻忽然響起，傳來通報：「六洞天、六洞天，你們位置在哪？」

李啟陽和賢哥對看一眼，然後由李啟陽拿起無線電答覆：「六洞天回答。」

一般他們斜角所很少接聽到無線電，這是來自指揮中心的呼叫，肯定發生了什麼事。

「儘速前往北114、11.5K處，到達回報。」指揮中心說道，喊了一串奇怪的數字。

「六洞天收到。」李啟陽回答。

在山區並沒有什麼像中正路、成功路等路名，有的只是省、縣道，指揮中心所通報的，就是「北114縣道」，並要他們立刻前往縣道標段的十一點五公里處附近。

李啟陽踩下油門，立刻驅車前往，他感覺有什麼不好的事情發生了，而賢哥也面色嚴肅，直盯著擋風玻璃看。

「學長，是不是那個啊？」李啟陽弱弱地問道。

「嗯，應該是有人溺水了。」

他們最擔心的事情，果然還是發生了，沿著山路往下，旁邊就是大豹溪，可以看到溪水比平時洶湧不少，雖稱不上暴漲，但在某些水塘及轉彎帶，已經足以造成危險。

兩人急駛下山，在一個岔路轉進縣道，不過才走一段，就聽到了救護車的聲音，繼續往上，消防救難人員已經到了，兩臺輕巧的消防廂型車停在馬路邊，中間夾著一臺閃燈的救護車。護欄外，一群消防員拿著手電筒在河床找人，其中一隊已經從車上拖下了橡皮艇，隨時準備進入水域。

這裡就是十一點五公里處了。

「還愣著做什麼？去後車廂拿指揮棒。」賢哥說道，將李啟陽拉回現實。

李啟陽趕緊照做，賢哥則回頭開了警車，停在消防人員的車前，擋住半個車道，充當臨時圍欄。

救人並不是他們的工作，他們的工作是指揮交通、控制現場，讓消防隊員們專心救人。賢哥將車子停成斜的，將紅藍警示燈調到最亮，然後讓李啟陽到路邊指揮交通，拿著發亮的指揮棒引開人車。

一起溺水案件，指揮中心會同時通報一一九和一一〇，也就是消防與警察兩個單位。賢哥將維護交通的事情交給李啟陽後，就跨過護欄，下到河床了解案情。

雨下得越來越大，賢哥只能穿著雨衣，用手護著眼睛，和消防隊員探明狀況。

「好像有兩女三男，現在只剩下一個女的在場，其他都失聯了。」消防隊員說道。

事情大致是這樣子的，有兩女三男相約到此河邊遊玩，不料大水忽來，捲走了大部分的人，只剩一個女子僥倖在岸上沒被波及。

賢哥往下看去，果然見一名女子在岸邊啜泣，她一面給消防隊員指路，一面嚎啕大哭，臉色蒼白，驚魂未定。

賢哥走過去，抄寫了她的資料，打算聯絡家屬，而消防隊的橡皮艇也已經下水，準備沿著河岸搜索，這時李啟陽卻突然跑過來，大聲疾呼：「學長、學長，有人說在上面！」

賢哥沒理解他的話，劈頭就先罵道：「你下來做什麼？先去把上面顧好！」

「學長，剛才有山民說在上面那裡有看到人！」李啟陽指著上游說道。

消防隊也聽到了他們的對話，過來了解，但他們不認為李啟陽說得合理：「水是往下面流的，人不可能被沖到上面去，你是不是聽錯了？」消防隊問道。

「可山民真的這樣說，說有看到漂浮的人。」李啟陽信誓旦旦地說道：「就在上面那個拐彎處。」

事不宜遲，消防隊員們斟酌了一下，便派了兩個人協同李啟陽到目標地去看看。

雨越下越大，柏油路已經出現泥濘，廂型車只開了三十秒就到達河彎處。三人下車，沿著護欄往下張望，愣是沒看見半個人影。

大雨滂沱，能見度很低，李啟陽提議應該走下河堤看看才能確認，但消防隊員都拒絕，他們人手不足，還得回到剛才的集合點搜尋，怎麼可能浪費時間在這個河彎處？

「他們是在下游被沖散的，絕對是往下漂，不會在這裡。」消防隊員解釋道，讓李啟陽放棄，並讓大夥兒上車：「既然都看過了，我們走吧。」

「等等，說不定不是同一批人呀？」李啟陽猜想道：「說不定有其他人也溺水了，從上游漂到這裡來？」

「民眾這樣說嗎？說上游還有人嗎？」消防隊員反問。

「這……倒是沒有。」

「那就先這樣吧，如果有，會有人告訴我們的。」消防隊員招招手，讓大夥兒上車就回到原處。這邊，救生艇已經下水，沿著溪流打撈，不一會兒李啟陽就聽到了直升機的聲音，消防隊的救難直升機也來了，盤旋在河面上方，來回搜索，一抹微弱的燈光照在水上，給人一種安心感。

「家屬聯絡到了嗎？」李啟陽見賢哥一直在打電話，便關心道。

「差不多了。」賢哥擋著雨，專注地盯著手機看。

消防隊持續搜救，李啟陽還是心心念念著上游的事情，他剛才在警車旁邊維持秩序，聽學長的話指揮交通，一個老阿伯卻突然冒著雨走過來，大聲說上面有人漂在河裡，李啟陽趕緊向學長們通報，結果卻無疾而終。

「喂，你剛剛是真的有遇到人嗎？」這時，賢哥忽然向他問道。

「遇到人？什麼意思？」李啟陽不解。

賢哥面色古怪，見李啟陽不明事理，便說起這條大豹溪的種種怪事。

因為這條溪淹死過太多人，鬧鬼的傳言便從來沒有停歇過，最常聽到的是「抓交替」，水鬼會在溪裡作祟，讓一個深諳水性的人在淺水區裡莫名其妙溺死；此外，也很常傳出「跳水意外」，美麗的溪谷彷彿有種迷幻力量，蠱惑著年輕男女跳入水潭，從此便不再浮上來。

「你說有山民跟你說話，他長怎麼樣？從哪個方向來的？」賢哥問道。

「啊？長怎樣？就一個阿伯呀。」李啟陽回答。

「下這麼大的雨，他就來跟你說一句話，然後就走了嗎？」

「對呀。」

「啊你怎麼沒有留住他，問清楚一點？」

呃，這個嘛……

李啟陽遲疑了，賢哥越問，他就越覺得奇怪，當時有些迷糊，他沒注意到山民是從哪裡來，最後又是如何離開的，現在更是想不起來他的長相。

「唉。」賢哥嘆了口氣，拍拍李啟陽，決定告訴他一個事實：「你知道，北114線的這段路，方圓兩公里內根本沒有人家嗎？」

李啟陽嚇了一跳

咦？這麼說……

「我不曉得你遇到的到底是什麼，回家後最好去收驚一下。」

李啟陽胸口一緊，整個人都不好了，難道他是碰到鬼了嗎？這輩子有史以來第一次的撞鬼經驗？現在回想起來，整個遇見阿伯的過程確實撲朔迷離，再加上下著大雨，李啟陽全身不禁發冷起來，寒毛直豎。

阿伯究竟是誰？真的如賢哥所說的，是鬼嗎？李啟陽不敢再想下去了。

「喂，那邊說下面找到人了！」這時消防隊員們喊道。

眾人趕緊上了車，跟著直升機往山下駛去，拐了幾個彎後到達下個河塘。狹長的溪流在這裡變得廣闊，湍急之勢卻沒有減少，只見消防隊的橡皮艇在溪中打轉，圍著一塊巨岩繞橫，似乎有人被卡在那裡。

雨勢很大，把水面的漣漪都打成白色的，李啟陽瞇緊眼睛也看不出端倪，只能猜想有人被卡在水下石縫中，而消防弟兄正在想辦法打撈上來。照這樣看，那人恐怕凶多吉少了，就算撈上來，恐也成了屍體。

「欸，那邊還有一個。」大雨之中，另一位消防隊員喊道，指著更下游處。

陸陸續續地，消防隊一共出動了二十幾人救援。翁國正也急匆匆地趕到現場來，他撐著一把雨傘在岸邊頻頻張望，和消防隊討論著案情狀況。

「三個男的都找到了，剩一個女的還沒找到。」消防隊長說道，被耳尖的李啟陽給偷聽到。

「有活著的嗎？」翁國正問道。

消防隊長搖搖頭：「水來得太快，正常人都來不及逃。」

「嘖嘖，每年都這樣。」翁國正撇著嘴，心裡則盤算著要怎麼向上級報告。

半個小時過去後，在案發地下游一公里內，共找到了三具遺體，都已經用屍袋包裹起來，唯獨最後一個女性受難者還沒找到，亦不知是死是活。

李啟陽跟著賢哥在岸邊待命，看守屍袋，比起消防隊員們出生入死進出水中，他們算是很輕鬆的，但李啟陽還是覺得很累，全身被雨水和汗水浸溼，神經也緊繃到有些虛脫了。

屍袋就擺在眼前啊！

「還剩下一個人沒找到。」賢哥不耐煩地說道，盯著手機看，早已職業麻木：「最好在太陽下山前找到。」

「會找那麼久嗎？」李啟陽好奇地問。

「找好幾天都有可能勒，笨。」賢哥回答，摸了摸肚子：「餓死了。」

救生艇沿著溪流搜尋，直升機則早一步到更下游去了，檢視那些浮屍容易卡住的歷史熱點，並和地面的消防車隊保持聯絡。

倖存的女孩已經被救護車送下山去了，隨著嗚咿嗚咿的聲音遠去，現場也變得寂靜下來。李啟陽忽然覺得有些無力，他們這幾天所忙碌的勤務，都是為了預防有人溺水，沒想到不幸還是發生了，什麼封鎖線、警告立牌根本就沒有用。

「喂，大人。」這時，忽然有人叫了他。

大雨之中，李啟陽還以為自己聽錯了，因為這個聲音，和這個措詞，都很熟悉，不正是剛才跟他報告上游有人的老阿伯山民嗎？

不會吧！

李啟陽戰戰兢兢地回頭，竟真的在山坡處又看到那個老伯了。老伯戴著斗笠，沒有撐傘，只是一個勁地朝李啟陽招手，手勢很慢，卻很執著，看起來一點都不像鬼魅，就是個活生生的人。

李啟陽先是嚇了一跳，接著就感覺自己被騙了，學長還說什麼方圓百里沒有住人、說什麼遇到鬼，根本胡說八道！

「阿伯，你怎麼還在？」李啟陽冒著雨走過去。

「啊我說上面有人，你們怎麼沒過去？」阿伯問道，語氣有些埋怨。

「我們剛剛去過了啊，沒有看到人呀！」

「有一個女生在那裡吼。」阿伯強調，並指著上游處。

李啟陽見阿伯神色嚴肅，不是在開玩笑，便也不向翁國正報備，直接跟著阿伯走過去了，並問道：「阿伯你住哪裡？聽說這附近都沒有人家欸。」

「我從山下上來的，來巡田啦。」阿伯回答。

原來如此，李啟陽心中的大石頭放下來了，這附近有很多果園，阿伯肯定是果農吧？下大雨不放心，才上來看看農作物的狀況。

只走一會兒就到剛剛那個河彎處了，這次李啟陽看清楚了，在阿伯所指的岸上，還真有一個女子蹲在林子裡，瑟瑟發抖，臉色蒼白，已經無力呼救。

「喂！喂！」李啟陽趕緊朝她揮手，並想辦法走過去。

剛才消防隊怎麼就沒看到她呢？不是剩下一個女生沒找到嗎？

「妳沒事吧！」李啟陽跑過去，但女子在對岸，李啟陽無法涉水，只好繞到溝壑上，踩著隆起的部分跨過去。

終於到了女子身邊，女子一看到他這個警察就激動揮手，大哭不停，溼漉漉的長髮都黏在衣服上。

「好了好了，沒事了。」李啟陽拍拍她的肩膀說道，一面拿起無線電呼叫：「六洞夭、六洞夭，快通知消防隊到上面來！」

他呼叫著賢哥，喊了幾次都沒有回應，便拿起手機撥打。但他實在很納悶，溺水的發生地是在下游，女子是怎麼漂到這裡來的？

「小姐、小姐，妳叫什麼名字？」李啟陽擔憂地問道，他脫下自己的警用雨衣就給她穿上，害怕她失溫：「妳是怎麼到這裡來的？你們不是在下面游泳嗎？」

女子淚眼汪汪地恍神了一會兒，然後說：「我也不知道，水突然變得很高，我就被沖到水裡，一直嗆，一直嗆，好不容易抓到一根木頭，好不容易才……逃上來。」

女子語無倫次地說著，讓人感受到當時的危險驚恐。

不一會兒翁國正就帶著消防隊員們過來了，大夥兒一看到女子，除了驚訝，腸子也悔青了。竟然真的有受難者在這裡，若不是李啟陽發現她，恐怕她就被丟下了。

「小姐，妳跟下游的那群人是一起的嗎？」消防隊員看著手中的冊子問道，確認女子的身分。

女子躺在擔架上，點點頭，已經渾身疲憊。

「跟隊長說人已經找到了。」消防隊員招了一下手，然後就替女子蓋上保暖毯，迅速送上另一臺救護車。

搜救行動到此告一段落，三名男子罹難，兩名女子倖存。消防隊們準備撤退，李啟陽等警察單位也要走了，但李啟陽卻覺得有哪裡不對勁。

女子雖然是找到了，但她究竟是怎麼跑到上游的呢？再怎麼被水沖，也不可能沖到上游來呀？剛才學長們的質疑都是有道理的。

李啟陽繞著剛才女子蹲著的地方打轉，不一會兒就發現端倪，在他腳踩的爛泥巴中，摻雜著粉紅色的花瓣，不是什麼，正是櫻花的花瓣。

「喂，李啟陽，在做什麼？該走了！」賢哥衝著他喊道。

「學長，等一下！」李啟陽回答，雙眼盯那沱花瓣，腦袋忽然靈光一閃，心中直呼不妙：「學長，糟了，我們好像搞錯了！」

櫻花只在大豹溪的某些河段才有，扣除掉派出所附近的河段，就只剩上面的百年櫻花樹了。

「學長，應該還有其他人溺水！」李啟陽緊張地說道，朝賢哥招手，指著那坨混著櫻花瓣的泥土，顯然是從上游被沖下來的。

他的推論很簡單，溺水的不只一夥人，總共應該有兩夥人溺水，下游的是兩女三男，上游的則有這名女子，她是從百年櫻花樹附近被沖下來的。

這代表他們不僅僅還沒找到那位失蹤的女子，還有另一夥溺水的人在上游等待救援。

「你傻了嗎，剛才消防隊都確認過了。」賢哥卻吐槽李啟陽：「那女的跟下面是同一夥的，你以為消防隊沒想到嗎？他們就是確認了才收隊的。」

「可是學長，那個女生可能也有點神智不清了呀，她的回答可以算數嗎？你沒看她剛剛都只是點頭、搖頭？」李啟陽繼續說道：「退一萬步講，她也不可能被水沖到上游來呀，這一點根本說不通。」

賢哥陷入沉思，這也是他一直想不透的問題，唯一且最簡單的解釋，便如李啟陽所說，總共有兩批人溺水了，而他們只發現了一批。

「所長，你在哪？」賢哥拿起無線電喊道。

「怎麼了？」

「麻煩消防隊的人再回來一下，很重要。」賢哥果斷說道。

「收到。」

消防隊來了，時間寶貴，與其聽警察解釋，他們直接開車往上游走，來到了百年櫻花樹附近的橋墩。山路曲折，大車進不去，李啟陽只能跟著大夥兒徒步，走進河道深處。

猶記他不久前才帶著葉亭莉來這邊遊玩，當時風光明媚、微風徐徐，此刻經歷鋒面大雨的摧殘，已經處處狼藉，落葉掉得地面都是，櫻花更是全被掃落，只剩光禿禿的樹枝。

賢哥繞到大樹後方，穿過一堆雜草走近溪流，都還沒下去就大呼不妙。

在離溪流幾十公尺處的坡道邊有一架散落的帳棚，漲起的水流將原本乾燥的平地淹沒，從帳棚裡掉出許多隨身用品，沿著溪流往外漂散，卡在各個角落，可以看出當時有多危急，除了倉皇逃散，根本沒時間去撿物品。

「各隊馬上到9.3K，就那個百年櫻花樹。」消防隊的語氣變得更倉促，請求支援：「儘速到達！」

不一會兒，更多的消防隊員出現了，他們穿著厚大衣服，抬著裝備，浩浩蕩蕩地走進來，立刻展開搜救行動。

果然如李啟陽所料的，有兩批人受難了，而上游的這批並沒有報警，或許是大水來得太快，或手機訊號不佳，總之他們無聲無息地被水流給沖走，現在才被發現。

「啟陽，剛剛你不是有抄那個女生的電話？打去問，看到底是有幾個人。」賢哥說道，自己也手忙腳亂，向上級通報。

李啟陽撥了幾次，沒有撥通，但她應該還在救護車上。李啟陽靈機一動，改打給一一九，電話馬上就轉到了那輛救護車上。

「喂，消防學長，你幫我問一下那個女生，問他們總共是幾個人出遊，發生什麼事了。」李啟陽話說得簡潔，就是要搞清楚現在還有幾個人受難、沒找到。

電話另一頭傳來微微的談話聲，接著還有爭吵聲，李啟陽不難想像，肯定大家都被嚇壞了，竟然還有另一批人沒被救到。

消息出來了，與這女子一起的是兩男兩女的大學生團，李啟陽馬上把這個情報告訴消防隊，直升機與救生艇再次出動，沿著溪流找人。

「嘖嘖，我看所長要爆炸了。」賢哥搖著頭說道，略顯疲憊：「除了一個女的沒找到，現在還多了兩男一女，這些人到底在幹嘛呀？都知道天氣不好，還要上來玩水，不是害警察嗎？」

「如果所長爆炸，我們兩個肯定不好過。」李啟陽心情沉重：「我們負責巡山，卻完全沒發現這兩團遊客。」

賢哥一愣，面色鐵青：「對吼，這下完蛋了！」

誰也不好再怪誰，先把人找出來再說。天色不佳，又下著大雨，搜救行動極其困難，有可能拖到晚上。

這時候，李啟陽的手機卻忽然傳來訊息。

是葉亭莉傳來的。

第五章

狂風暴雨之中，葉亭莉傳了Line過來。

葉亭莉：聽說有人溺水了？狀況怎麼樣？

葉亭莉：那個好像是我學長！

李啟陽正在執行勤務，手機卻一直叫。他看到這條訊息，馬上擦掉手上的雨水，躲到樹下躲雨，打字：學長？哪個學長？

葉亭莉：林維穎。

李啟陽神色一慌，心情瞬間陷入谷底。

林維穎，不就是小吃店裡遇到的那個男生，常和葉亭莉在一起的學長？

葉亭莉很著急：他們現在怎麼樣了？有救上來嗎？

李啟陽朝四周望了望，往消防隊的方向跑去，頭躲進箱型車的後座中，這才敢把懷中的筆記本翻出來，免得淋溼了。

他負責整理這起水難的傷亡名單，他拿著手機，翻著冊子，看了又看，目前發現的所有男性都已經罹難了，並沒有生還者。

李啟陽再次檢查，就是沒見到林維穎的名字。

鈴鈴鈴鈴，手機響起，葉亭莉打了過來：「你在現場嗎？」

「妳怎麼知道他溺水？他來大豹溪玩？」

「對，有人說他上山去了，聯絡不到，聽說溺水了！」

「妳先別緊張，我沒看到他。」李啟陽安撫道：「妳有沒有他的手機號碼？妳要不要打給他看看？」

「要是電話打得通，我就不用這麼著急了！」

救援行動如火如荼地進行著，究竟有多少人溺水，李啟陽也不知道。

廂型車即將開動，往更遠的地方搜索，李啟陽便無暇再與葉亭莉講電話。況且，他也不能隨便透露案情細節，現在都還處在一團亂中，什麼都搞不清楚，多說多錯。

太陽逐漸下山，李啟陽東奔西跑，持續追蹤著搜救狀況，身體都溼透了。

奇怪的是，媒體來了。

約莫六點半，數輛電視臺的新聞採訪車突然出現，而且越來越多，陸續開上山來，停在路旁架設攝影機。

穿雨衣的記者下來，一眼就找上李啟陽，要向他詢問案情：「哈囉，現在找得怎麼樣了？」

李啟陽不知所措。

記者問他有幾個人救上來了？還有幾個人失蹤？以及「林維穎」是否獲救？李啟陽都答不上來。

所幸，坐在車上休息的賢哥驚醒過來，見四周都是記者，臉都綠了，馬上衝下車。

「啟陽，現在是怎樣？」他瞪大眼問道，帶了些驚懼。

「不知道，突然多了好多記者，還有一堆人去追消防隊他們。」李啟陽回答，指著遠處。

「白痴，警察的工作就是控制現場、維持秩序！去車上拿封鎖線，把這裡封起來，讓記者全部把車開走，開到下邊，不准進來！」賢哥一個頭兩個大，趕緊撥電話給翁國正。

糟糕，媒體會大動作出現，肯定是有什麼不尋常發生。身為警察要有基本的敏感度，李啟陽連這個都不懂，還在那邊跟媒體哈啦，要是說錯話就完蛋了。

「救到幾個人了？」記者A問道。

「有林維穎的蹤跡嗎？」記者B問道。

「他們是怎麼上來的？天氣不佳為什麼還出門？」記者們窮追不捨地問著李啟陽。

李啟陽面對疲勞轟炸，一邊將他們趕離河邊，完全應付不過來。

賢哥這時已經打完電話了，趕緊衝過來救援。他板著臉孔拉起封鎖線，關閉了河岸，並嚴肅地對著記者們說：「搜救還在持續，所有問題由發言人統一回應，謝謝。」

「那林維穎有救到嗎？」

「確定罹難的那三個男性裡，有林維穎嗎？」記者不放棄地問。

「謝謝，為了你們的安全，請離開河邊。」賢哥守口如瓶。

記者們自討沒趣，只好繞過封鎖線到另一邊去找消防隊了，而SNG車上的攝影師們仍依舊將鏡頭對著他們。

林維穎到底是誰？

「學長，林維穎是誰啊？他們怎麼一直問？」李啟陽悄聲問道，第一次面對這種狀況，有些緊張。

「我怎麼知道？死者名單不是抄在你那裡嗎？」賢哥不耐煩地說，並抓住李啟陽的肩膀，低聲警告：「名單收好，我跟你說，不管記者問什麼，一概不回答，知道嗎？那不是我們能回答的，就讓長官去回應。」

「收到。」

不一會兒，翁國正就上來了，後面還跟著一堆警察，大夥兒浩浩蕩蕩的，很是威風。但每張臉都心事重重，宛如肩上扛了什麼重擔。

李啟陽上交了罹難者名單，翁國正拿著筆記本，連看都沒看李啟陽一眼，揮揮手就將他趕走了。後方的長官在問話，他疲於應對，嘴巴不停蠕動，眼睛盯著河床看。

李啟陽乖乖退到遠處，看著封鎖線，再來就沒他的事了，除了待命，沒有他置喙的餘地。

林維穎的確在死者名單之中，他溺死了。

李啟陽回想撞見他的那一天，心裡發冷沒底，原本還活生生的一個人，竟然說沒就沒，他覺得很不舒服。

李啟陽不曉得該怎麼和葉亭莉說，屍袋已經運走了。

但除了沉重以外，李啟陽還有好奇。來了這麼多人，整件事的層級一下子拉高許多，記者來了，分局的長官也來了，這個林維穎究竟是何方神聖，大家都要問他的事情？

要直接問葉亭莉嗎？算了，不行，先自己搞清楚狀況再說！

李啟陽的腦筋動得很快，既然媒體在場，這事很有可能已經上了新聞，他立刻打開手機搜尋，果然一下子就找到了相關線索。

原來，溺水的林維穎身分不簡單，他竟然是學生運動的領袖之一，網路上都是他的照片，有吆喝吶喊、有帶頭衝撞、臉紅脖子粗，隔著螢幕都能感覺到這個人的衝勁。

學生運動的領頭竟然溺水了，這可是大新聞，難怪諸多媒體爭相報導，並千里迢迢上山，搶著第一線的消息。而警察單位也戰戰兢兢，這種議題必須謹慎以對，稍微說錯話就麻煩了。

「民眾都還在街上抗議，法案的審查也還在杯葛中，身為領袖的林維穎竟然跑去玩水！」一位女記者在錄影車內，進行了政治評論的錄製，效率很快。她接著說：「記者人在現場，現在連線資深媒體人Alan，Alan，你在線上嗎？」

「是的，我在。」名為Alan的名嘴回答道。

「你怎麼看這件事？」女記者問道：「現在這個時機點，真的適合跑到山上來玩水嗎？」

「我跟妳講，不要說現在正在抗爭啦，光是雨季，就不建議上山玩水。林維穎在想什麼我們不知道，但大家有一種被騙的感覺。」Alan說道，表面上保持中立，語氣卻充滿敵意：「年輕人果然還是在乎玩樂，喂，他們發起的運動，他們自己不在現場欸，結果去哪裡？竟然去玩水耶！」

立法院因為抗議的關係，整個停擺，膠著不前，領導人之一的林維穎卻沒有在隊伍中，而跑到山上玩水。李啟陽看得出，有許多人正虎視眈眈地想操縱這一議題，將運動推向令人反感的那端，也正是所謂的帶風向。

搜救還在持續，而媒體已經將這件事徹頭徹尾批評一次了。其他警察也在碎碎唸，覺得這群學生真是浪費社會資源，害國家出動了這麼多人力來救援。

好怪……

李啟陽思緒很亂，卻開始同情起林維穎。他能理解林維穎被罵的原因，現在卻覺得大家都在落井下石。

李啟陽拿著手機，看著葉亭莉的最後訊息，還是不敢回覆。

林維穎已經死了。

經過了數個小時的搜救，所有罹難者都找到了，警方和消防隊沿著大豹溪找到了剩下的兩男兩女，出動吊索與直升機從幾個湍急的彎道中將他們給撈了起來，都已經失去了生命跡象，而且死狀都不是很好看。

焦點依然聚集在林維穎身上，鎂光燈早就追著救護車下山了，喧嘩聲慢慢消失，昏暗的山裡恢復安靜，只剩警察在收封鎖線。

雨勢還在持著，一時半刻沒有停下的跡象。下山不代表下班，李啟陽渾身溼漉漉的，花了半個小時才把警車整理好，將積水都清出來。

斜角所燈火通明，翁國正急躁地在一樓走動，不停講電話。他身為單位主管，轄區死人了，還是學運領袖，他正在面對上司的疲勞轟炸。

電視開著，媒體正在撲天蓋地地報導這件事，說林維穎死了，是玩樂死的。

在臺北的立法院周圍，抗議活動仍在進行著，林維穎的死，著實給士氣造成不小的打擊，各種輿論正在發酵中，撼動著抗議者的信心。

林維穎為什麼會在抗議期間跑去玩水？這個行為是否妥當？是否擔配得起領袖的身分？李啟陽卻一點都不關心這些問題，他只知道，葉亭莉很傷心。

林維穎的死給葉亭莉帶來很大的打擊。

轟隆一聲雷響，窗外閃過一道車燈。李啟陽忽有感應，打開窗戶向外看。

風大雨大，但他依然看到了那個身影：葉亭莉從山坡下跑上來，拿著一把傘，纖細的手腳蒼白卻倔強，步履蹣跚，計程車從她身後開走。

李啟陽立刻衝下樓，悄聲無息地從後門溜出去，冒著雨，衝向葉亭莉。

雨嘩啦啦地下著，葉亭莉一見到他就忍不住了。

「他是怎麼死的？」她放聲大哭，倒在他懷裡：「死在哪？帶我去！」

李啟陽捂住她的嘴巴，避開所有人的耳目，從後門帶她上樓。

短短的一截樓梯，卻走得又沉重又漫長，雨潑進來，灑在李啟陽身上。他不敢說自己在幫葉亭莉擋雨，只怪自己沒預先關上窗戶。

林維穎的屍體早就被運走了，由家屬接管，礙於有記者的虎視眈眈，沒人知道屍體現在在哪裡，李啟陽也不知道，那不是他該管的事情。

李啟陽將葉亭莉帶進房間裡，並警戒地東看西看，然後悄聲關上門。

「他不可能是溺死的！不可能！」葉亭莉極力壓抑哭聲，咬著牙，被李啟陽放到椅子上。

李啟陽蹲下來，盯著她看：「嘿，嘿，先把身體擦乾，妳怎麼來的？」他翻出了一條大浴巾，蓋在葉亭莉身上。

葉亭莉無動於衷，執著地盯著李啟陽看，眼眶含淚：「他在哪裡？他現在在哪裡？」

「我不知道。」李啟陽坦承說道，低頭蹲在地上，落寞地動手幫她脫鞋子。

「殯儀館嗎？」葉亭莉問道：「你帶我去那裡。帶我去那裡看，我要親自確認！」

林維穎的死不單單只是他一個人的死，電視臺正在抨擊示威群眾，取笑他們只是無知的棋子，領袖都跑去玩水了，他們還傻傻地在大雨中抗議，當林維穎的工具人。

學運已經被汙名化了，支持者的信心被動搖，即將支離破碎。

葉亭莉當然不能接受林維穎的死，但她更不能接受林維穎被抹黑，她要知道真相。

「妳到底是誰？妳是他的誰？」李啟陽停下動作，望著她看。

葉亭莉撇過頭，哀莫大於心死地苦苦一笑：「你想聽到什麼答案？還有好幾千人坐在立法院裡，餓了不能走、睏了就原地睡。我是他的誰？愛人？情侶？在演偶像劇嗎？」

李啟陽愣住，知道自己冒犯了葉亭莉，便不再作聲，繼續低頭摘掉她溼漉漉的襪子。

葉亭莉抹掉眼淚，堅定地望著李啟陽：「我是他的支持者，是學運的一分子，從一開始就跟著他們。辛苦建立的一切，現在毀於一旦，就因為他們說他溺死，他把同伴丟著，自己玩到溺死！」

門外傳來聲音，李啟陽比了一聲噓，站起來，仔細聆聽，深怕被人發現自己帶女孩子進派出所。

那是所長的腳步聲，李啟陽聽出了他的憤怒與煩躁。

翁國正經過二樓走廊，只可能是去拿晾著的雨鞋和雨衣，他可能又要出門了，警局一直在追查林維穎的案件。

回過頭來，葉亭莉已經自己擦起了頭髮，黯然神傷地盯著窗外，沒有發出聲音。

「等所長走，其他人大概也都下班了，妳可以哭，再等一下下就好。」他說道：「我不能叫妳節哀順變，那是風涼話。」

葉亭莉愣了一下，眼淚又掉下來：「你也失去過重要的人嗎？」

「媽媽在我國小的時候去世了，爸爸不在，阿嬤撫養我長大，還有我妹妹。所以我去讀了警校，學費不用錢，畢業後就是公務員，阿嬤不用再煩惱。」李啟陽說道，短短幾句話就交代了他的身世。

「你那時候被逼著不能哭嗎？」葉亭莉望著他，尋找著言語之間的關聯。

「哭了。」李啟陽咧嘴一笑：「阿嬤說可以哭，不哭，等事情過了就來不及了，一輩子後悔。」

話方說完，葉亭莉再次痛哭失聲，抽泣著停不下來。

林維穎是她系上的直屬學長，追求過她幾次，但她從未答應，只覺得他太幼稚，捧著顆籃球像小孩子一樣。直到政治運動爆發，她才開始對他改觀。

但這終究是兒女情長的小事，感動不了別人，也無須感動別人。

李啟陽捧著浴巾擦乾了她的頭髮，將吹風機輕輕放到她身邊，然後就走向窗邊，攀在窗臺上，看警車的車燈遠去，留給她空間。

她望著他溼掉的背，不由自主就站起來，將浴巾蓋在他身上。

李啟陽瞄了她一眼，和她肩並肩看窗外：「結果我們所長才剛走而已。」

「你很會安慰人。」葉亭莉說道，抹了抹眼睛。

「可能我妹妹小時候也常哭，媽媽剛走的那時候。」

李啟陽突然想起了某件事，便陷入猶豫之中，眉毛微微皺起。

「怎麼了？」葉亭莉察覺到不對勁。

「呃，有個祕密。」

「什麼祕密？」

「如果我告訴妳，妳不能說出去。」李啟陽遲疑著，他記得前輩們的交代，但還是忍不住想告訴葉亭莉，因為很重要：「這次溺水的不只有林維穎，還有林維穎的妹妹。」

葉亭莉瞬間愣住：「妹妹？他還有妹妹？」

嗯？妳連他有妹妹都不知道嗎？這樣真的算熟人嗎？

「對，所以這件事很敏感，偵查不公開，媒體都在盯著，我本來不應該跟妳說的。但因為我也有妹妹，所以還是想告訴妳。」

葉亭莉越聽越不對勁，是聽出了希望，也聽出了怪異。

「根據通聯紀錄跟倖存者的證詞，是林維穎的妹妹先來玩水，接著林維穎才出現的。所以我們認為，林維穎不是來玩水的，他接到妹妹的電話後，才上山來找妹妹。」李啟陽壓低聲音，說得很快：「現在上頭不讓我們張揚這件事，他們覺得就讓電視自己去報他們的。」

空氣彷彿凝結了，葉亭莉愣了好久，嘴脣才顫抖地擠出幾行字：「你說的……是真的嗎？」

李啟陽點點頭。

學運的發起人，在炒起了這麼大的事件之後，突然跑到大豹溪來玩水，確實不合常理，應該是有人告訴他妹妹亂跑，他才會出現在這裡。

「李啟陽，你、你不知道這件事對我有多重要！」葉亭莉的瞳孔顫動，像在尋找什麼浮木，最後鎖定在李啟陽身上：「他不是！他不是自己跑去玩的！」

葉亭莉抱住了李啟陽，再次痛哭失聲。

她一度相信了媒體的說法，相信那些抹黑。果然，果然全都不是事實，林維穎才不可能跑來玩水，他是來找妹妹的、是來救妹妹的！

「警察什麼時候要公布調查結果呢？」葉亭莉喜極而泣，抹掉眼淚問道。

她渴望趕緊還給林維穎、還給整場運動一個清白，但李啟陽剛才已經暗示得很清楚了。

「大概不會公布了。」李啟陽沉重地說道。

「不會公布？」葉亭莉愣住。

「我剛剛有說了，上頭不讓我們張揚這件事。」

李啟陽雖然對政治不熟，但他也不是什麼笨蛋，從長官的處理方式與整個社會氛圍來看，他知道大家都想陷害林維穎。

反正林維穎就是溺死的，多了一個妹妹也不影響這個結果，所以沒什麼好公布的，不公布也沒有罪，這甚至算不上什麼重要的調查結果。

「不公布，難道要放任電視臺和名嘴亂講嗎？」葉亭莉皺著臉，突然間，什麼都懂了：「奇怪，媒體的轉播車不是都在現場嗎？他們都不去查證一下嗎？」

李啟陽消極地看著窗外，沒反應。

媒體故意只報林維穎而不報妹妹，就是為了誤導輿論，打擊學運的士氣。而警察單位壓著消息不放出，也有背後勢力在操控，十之八九就是政府高層的授意。

他們藉著林維穎的死削弱抗爭，好趁著群眾信心薄弱之際，一舉驅散他們。即使整件事終會水落石出，但在這一刻，只要抗議者稍微潰散，就會立刻被政府派兵驅逐，要再集結根本不可能。

「太可惡了！」葉亭莉語氣顫抖，咬牙切齒：「竟然這樣利用死者，竟然有這種事情！」

這就是政治吧？

李啟陽忽然間懂了，懂得政治的殘酷。

「我現在就告訴大家這件事，不能再讓學長受到誤會！」葉亭莉激動地掏出手機，來了幹勁，立刻想透過社群軟體發布消息。

「不行！」李啟陽立刻阻止，捂住她的手機：「妳如果傳出去，會害到我的！」他額頭冒汗，後果不妙：「我本來就不能將這件事告訴妳，這是公務機密，也是死者的個資，妳現在傳出去，我會出事。」

葉亭莉陷入天人交戰。

她當然不能害李啟陽，可她又怎能眼睜睜地看著林維穎受到侮辱、看著好不容易發起的抗爭遭受瓦解的風險呢？

「那怎麼辦！」她既生氣又委屈。

「這件事妳就算不講，政府也壓不了多久，一定會爆出來的。」李啟陽苦苦勸說，還壓著葉亭莉的手機：「現在只有幾個人知道而已，如果洩漏了，查來查去一定是查到斜角所，到時候我們整個派出所都遭殃。」

「但你們只是說出事實，並沒有做錯……」

「洩密罪。」李啟陽直接吐出這個詞彙：「法律就是這樣，不是每件事都像妳想得那麼美好，有絕對的是非黑白。」

葉亭莉沉默了，臉色變得很難看。

對，她是一個理想主義者，她任性，所以才會跟家裡鬧翻。她以為這世界有一個公道在，只可惜，不是每件事都像「釣魚執法」那次一樣，能讓她站在道德的制高點，侃侃而談，自己對，別人錯。

「妳再忍一忍，頂多再一、兩天，我保證林維穎的妹妹一定會出現在新聞上。」李啟陽努力地說服葉亭莉：「紙包不住火的。」

「但那時候傷害已經造成了，對吧？」葉亭莉憔悴地問道。

「嗯。」

這什麼鬼世界？葉亭莉內心深處有某些零件正在瓦解，眼前的公道討不回，正義伸張不了，道理她都懂，但到底為什麼要忍受這種事？為什麼會發生這種事？

「我不會說。」葉亭莉咬著牙，終於還是妥協：「不會害到你。」

「謝謝妳。」李啟陽苦笑。

「是我要謝謝你告訴我。」葉亭莉板著臉回答，還是痛苦。

「我一直想調離這裡，當初我以為表現好就可以，但後來發現全都錯了。」李啟陽說起自己的狀況：「所長要我擺爛，他說這樣能更快調走。」

「啊？擺爛？」葉亭莉成功被引起好奇。

「對，因為長官不需要會惹麻煩的人。」李啟陽淡淡地說道，早已釋懷了：「我當初聽到也傻眼，原來，成人的世界是這個樣子。」

「後來你怎麼辦？」葉亭莉串聯起前因後果：「所以你才在抓酒駕嗎？」

「嗯嗯。」李啟陽點點頭：「我找到另一個方式證明我的實力，所以說，雖然現實很殘酷，但努力想，說不定會找到讓自己心安的答案。」

此話一出，葉亭莉愣了許久，忽然間想開了。

是呀，天將降大任於斯人也，必先苦其心志。林維穎的死固然帶來挫敗，但換個角度想，這也是在考驗他們，如果被擊垮，才證明他們不堪一擊。

「生於憂患，死於安樂，你說得對，我們該做的，是堅持下去。」她恍然大悟地點點頭：「他們越陰險，我們要越堅強。學長的死，就是對我們的考驗。」

咦？什麼意思？

李啟陽疑惑，換成他聽不懂了。

「我欠你一個大人情！」她望著他說道，竟眉開眼笑：「謝謝你告訴我這些，我果然來對了。你放心吧，我不會說出去的，你也不會說出去，我不相信學運會因為這件事解散，隨便他們怎麼傳吧。」

她又發明了一套新的理論來說服自己，她對這件事的執著超乎了李啟陽的想像，讓李啟陽不禁問起他一直以來的疑惑：「為什麼妳會一直到這座山來？都沒有去抗議現場？」

以葉亭莉的熱血，她不應該待在這裡，現在這個時間點，她應該和電視上那些學生一樣，待在立法院抗議才是。

「我有去，但我也有我的任務。」葉亭莉嚴肅地回答：「很重要的任務。」

拍櫻花嗎？

「而且來了才認識你，來了，才能知道今天這麼多事情。」她望向他：「你真的才二十一歲？」

「你怎麼知道我幾歲？」李啟陽訝異。

「海報上寫的。」葉亭莉忍著笑，說起了祕書室拍的那些形象月曆：「還附帶招生廣告，說是三峽最年輕的警察。」

李啟陽的耳根紅了起來，覺得十分丟臉。

「二十一歲就能當形象大使，我當時候就覺得你很厲害，果然你很厲害。」葉亭莉由衷說道，盯著李啟陽看：「很成熟呢，和我們大學那些男孩子不一樣。」

「妳喜歡成熟的男生？」

「沒有人不喜歡吧，而且你是警察，是正義的化身。我們還在玩的時候，你已經在執法了。」

兩人四目交接，葉亭莉越說越小聲，不再說了。

李啟陽撥了撥她的頭髮，身體慢慢靠近，自然而然就吻了上去。

世界變得安靜，雨也彷彿變小了，他們聽著彼此的心跳聲，聽出了整棟樓已經熄燈，整座山彷彿只剩他們兩個。

李啟陽端詳她，又再吻了一次。溼漉漉的衣服太過透明，藏不住熾熱的心。

斜角所的寢室很小，單人床就跟警校的一樣硬梆梆，經過李啟陽這半年來的整理，鋪了厚厚的床墊，雖然已經舒適許多，但多了一個人仍顯得狹窄。

想不到，狹窄有時也是好事。

「好像回到警校的時候。」李啟陽摟著葉亭莉，聞著她的髮香，睏意重重：「他們也喜歡跟我擠。」

兩人已經盥洗完畢，把風雨都洗掉了，狹窄的床太好入眠，在這裡過夜是理所當然，安心感與睏意源源不絕地冒出來。

「擠？誰呀？」葉亭莉問道。

「我同學呀，自己有床不睡，一直爬上來。」

「男生都這樣。」葉亭莉笑道：「我們學校的宿舍也是，聽他們說。」

李啟陽的眼皮子打架，已經快睡著了，直到葉亭莉突然問一句：「你那個酒駕抓到了嗎？」

他稍微來了精神：「還沒有。」

他早已放棄去溫泉會館埋伏了，這件事便一直耽擱下去。

「最近很忙，一直沒時間去抓。」李啟陽說著，若有所思：「但我不會認輸的，妳上次說得對，用更正派的方式抓到壞人，才能證明我的能力。」

「如果你有需要，我可以幫你抓。」她說：「學長的事，我欠你一個人情。」

幹嘛還人情？

但，如果能暫時轉移她的注意力，也是好事。

可是，他到現在還沒想到新的方法抓酒駕，而且翁國正已經注意到了異常。酒測器裝在一個大盒子裡，平常都放在倉庫沒什麼動，被李啟陽拿進拿出後，難免留下一些證據。

葉亭莉見李啟陽醒了幾分，便抬起半個身體，雙手撐著下巴，認真地凝視著他：「如果這個地方不好抓，為什麼不去其他地方試試看？」她納悶地問道：「只有溫泉旅館可以蹲點嗎？」

「我不知道山上還有哪裡可以喝酒。」

「一定要在山上嗎？」

李啟陽愣了一下，思索著她的話，茅塞頓開。

是呀，幹嘛一定要糾結於三峽？如果本轄區不好抓，那就去別人的地盤抓呀！

到時候對方要再講什麼人情、講什麼道義，他一概不認。他又不是那邊的人，怕什麼呢？

所有的問題迎刃而解，這簡直是個天才辦法，一舉數得！

「嘿，好像真的可行欸。」李啟陽瞬間眼睛一亮，疲倦被興奮給取代：「好像有辦法抓了！」

「真的？」葉亭莉微笑，撥了撥他的瀏海，向來都覺得他談工作的時候最好看，整張臉好像會發光一樣。

李啟陽將手機拿過來，打開地圖軟體找目標，眼珠子專注無比：「三峽往北是土城，西邊接樹林，往南就要到大溪去了……」

葉亭莉情不自禁，湊上去偷親了他一口。

李啟陽反應不及，還在看手機，腦子裡裝酒駕的事，直到葉亭莉又親了他第二口，他才回過神來。

「還給你了，剛才偷親我兩次。」葉亭莉打趣地說：「雨還在下呢，你要抓，也得等放晴之後。」

「幹嘛連這個都要講公平？」李啟陽扔掉手機，將葉亭莉摟進懷裡，關燈睡覺：「不可能連親親都要公平吧？」

黑暗中，倦意再次襲來，幾乎是在關燈的瞬間他就睡著了。

事情都在往好的一面發展，酒駕找到了新方法，調地的事便有了著落，未來充滿希望，他好像也要有女朋友了。

可以這麼幸福的嗎？

他來到斜角派出所，也許是命中注定，並非什麼錯誤的選擇。

第六章

鋒面離開島國後，東眼山也恢復了平靜，但以往的落英繽紛、嫣紅漫天卻已經不再。因為大雨的關係，櫻花全被掃落了，只剩下光禿禿的枝幹懸在天上。

派出所旁的花朵當然也不復存在，全變成了泥巴，消失在地裡，作為養分，等待明年花季再次綻放。

櫻花季的提前結束，讓李啟陽的酒駕任務變得更困難，少了櫻花就少了遊客，少了遊客，根本不知道要去哪裡抓酒駕。所幸，葉亭莉給了李啟陽靈感，現在他有了新方案，他們可以去別人的轄區抓！

東眼山人口少，績效自然難抓，因此才要去別的地方抓。這並不是什麼獨創妙方，這就是警界的「越區辦案」，但對斜角派出所來說，警力已經夠少了，就算李啟陽想做，也沒人會幫他。

不過現在不一樣了，有葉亭莉在，一切又行得通了。

三峽，舊名三角湧，是三條大溪匯流之處，這些大河現在都以堤防或水溝的方式呈現在人們面前。下了東眼山，繞過市區，沿著堤防北面一直走，便可以到達土城。

大臺北地區的看守所就蓋在土城，那裡是暫時關押犯人的地方，如同監獄，各路牛馬蛇神都有。新北市的檢察署也在土城，李啟陽猶記得他第一次幫忙偵查隊戒送人犯時，就是往土城來。

巷子裡，傍晚五點多，在土城市區的街口，李啟陽和葉亭莉肩並肩，各騎一輛機車，在暗處討論他們的計畫。

既然在自己的轄區很難抓酒駕，那就去別人的轄區抓。他騎警車，葉亭莉騎他的機車，他們準備唱雙簧，上演一齣警民聯手抓壞人的戲碼。

「抓這個最大的問題，就是沒人當我的暗樁。」李啟陽靠在葉亭莉旁邊，慢慢解釋：「這裡是別人的轄區，我隨便在路上攔查不合理，有可能被檢舉。但如果是路過的民眾報案，妳來報案，我就有理由去攔查了。」

「所以具體怎麼做？」葉亭莉認真聽著，她的頭髮綁起，牛仔褲側邊插著筆，搭了件最簡單的外套，一身輕巧俐落。

她真是來什麼做什麼，再克難也無所謂，沒有矜持，就這點讓李啟陽對她刮目相看。

「我們現在鎖定一個工地。」李啟陽指著遠處一個鐵皮圍籬說道：「做工的人下班時、甚至是上班途中，都會習慣喝一罐藥酒來提神。他們下班後會騎機車，我們就在這個路口攔查他們。」

李啟陽炯炯有神地說道，這方法是他從同學那裡探聽來的。在都會區，只要隨便攔查一個工人，都有很高的機率可以抓到酒駕。工人們不是喝藥酒、就是昨晚吃宵夜喝的啤酒還沒退，屢試不爽。

在斜角所轄區，他們沒這個機會，根本沒什麼工地、工人，現在來到市區，機會就很多了。

葉亭莉聽完後卻皺眉，她原以為這次會不一樣，結果又聽出了「選擇性執法」的意味。之前是專門抓遊客，現在是專門抓工人？

「等等妳就跟我一起在這個路口繞，假裝等紅綠燈。」李啟陽說道，他瞇起眼，觀察四周：「等紅燈的時候，妳就大叫，跟我說聞到旁邊的人身上有酒味，這樣我就有理由發動臨檢了。」

「只找工人？」葉亭莉癟著嘴問道，盯著李啟陽看。

「對，機率比較高，其他人就算了。」李啟陽指導著，已經察覺到葉亭莉的不滿，但還是繼續說：「妳看到那種臉紅的，就有可能喝酒。我也會給妳暗示，叫妳注意誰，妳就大膽一點，向我檢舉說有聞到酒味。」

葉亭莉沉默不語，李啟陽按捺了一陣子，決定主動挑開這個議題：「不這樣做，就不知道要抓誰。這次沒有釣魚，只是挑比較容易中獎的人來攔而已，不是有個詞叫『目標客群』嗎？他們就是我們的目標客群。」

這些話，葉亭莉其實懂，經歷了這陣子的事件之後，她心中的是非善惡早已沒有明顯的界線了。目標客群，這個詞形容得真好，一味追求平等，所有人都攔下來檢查，是要查到什麼時候？

「但如果測出來沒有喝酒怎麼辦？」葉亭莉換個話題問道：「是我檢舉的耶。」

「就說聞錯了，反正妳向我檢舉完妳就馬上騎走，留我一個人去對付他。」李啟陽說道。

「懂了。」葉亭莉點點頭，內心那關總算過去了。

行動開始，傍晚四、五點，正是上下班的通勤時間，偌大的十字路口共有四個出入道，李啟陽騎著機車，帶著葉亭莉開始在路口閒晃，一會兒在這邊待轉，一會兒在那邊等紅綠燈，四處偵查。

大路口裡什麼人都有，有穿西裝的上班族，腳踩皮鞋準備下班。也有家庭主婦，帶小孩買晚餐走在回家路上。李啟陽的目標並不難找，不一會兒他就看到了一個穿雨鞋的工人騎過來。

李啟陽畢竟是菜鳥，沒辦法像都市裡那些經驗老道的警察一樣，從眼睛血絲、五官顏色、騎車方式及打方向燈的速度來判斷對方有沒有喝酒，他沒有那種算命般的看面相能力，但他還是有基本概念——臉紅的就攔，就這樣。

於是她向葉亭莉打了個暗號，讓葉亭莉緩緩靠近那名工人，停在他旁邊。

葉亭莉也真是個戲精，她先是皺鼻子，假裝聞到怪味道，然後就瞇起眼看向身旁的工人，冷冷地問了一句：「你是不是有喝酒？」

年紀約四十歲的工人愣了一下，反射性地看向旁邊的警察李啟陽，慌張搖頭：「哪有，小姐妳不要亂說！」

哈哈，就這個反應，應該是中了吧，這個人絕對有喝酒！

「先生，麻煩幫我旁邊停一下。」李啟陽立刻說道，並指著旁邊的路肩：「我們做個檢查。」眾目睽睽之下，大家都在看，工人只好遵循警察的指示，停在路邊。而葉亭莉早就按照計畫，拍拍屁股走了，留下工人怨懟的視線。

「麻煩幫我出示一下駕照行照。」李啟陽說道，並開啟胸前的密錄器，開始執勤錄影：「機車是你本人的嗎？」

「對。」工人拿出了證件，給李啟陽看。

李啟陽並不是第一次做攔查，也不是第一次抓酒駕，他先前實習時，就有多次經驗，但來到斜角所後，還真是第一次。

他稍微靠近了工人，想聞聞看有沒有酒味。嗯，沒有。

「陳……先生嘛？」李啟陽看著證件說道，又再靠近了一些：「你有喝酒嗎？」

「當然沒有啊，我才要回家勒！」工人趕緊喊冤：「我哪知道剛才那個小姐是怎樣！」

「那可以幫我做個檢測嗎？」李啟陽拿出了一根類似指揮棒的簡易檢測器：「請幫我在這裡吹一

口氣，儀器就會測試。」

工人沒什麼遲疑，朝著棒子就呼氣，酒精反應是零。

「哎，大哥不好意思，這樣就可以了。」李啟陽狼狽地說道，雖然他並沒有做錯什麼，但還是覺得很抱歉：「回家路上小心喔。」

「好啦，你也辛苦了。」工人朝他點點頭，戴上安全帽，就繼續往回家路上騎去了。

難怪人家說看臉色也不一定準，有的人天生皮膚紅，沒喝酒也是紅紅的。

過沒多久，葉亭莉就騎過來了，她一直在樹下偷窺，確認工人走後才過來：「怎麼樣？他有喝嗎？」

「沒有。」李啟陽搖頭：「我們誤會人家了。」

「沒關係，我們繼續找！」葉亭莉神采奕奕地說道。

「妳怎麼心情那麼好？」

「很有趣呀。」葉亭莉笑道，剛才想通了許多事情：「這樣子抓，比上次那種陷害別人喝酒好多了。」

「幹嘛說陷害啊，也太難聽了。」

「就真的是陷害呀，還叫我當酒促小姐！」

廢話不多說，兩人繼續執行任務，在路口轉來轉去，停等紅燈。

「欸，那邊。」葉亭莉忽然喊他，並指著另一個路口：「你看那個女生。」

她指著一個四十幾歲的女子，看起來規規矩矩，戴安全帽，穿絲襪，就是臉上的妝有點濃，看起來也是要下班了。

「她怎麼了嗎？」李啟陽不解地問道。

「她剛剛原本在最前面等紅燈，一看到你就跑到角落去了。」葉亭莉懷疑地盯著對方，覺得有鬼：「搞不好是什麼毒品犯？」

「呃，毒品嗎？」李啟陽回答道，心裡有些緊張起來，他並不會辦毒品案。

還是不要節外生枝比較好……

「女生比較不會酒駕啦。」李啟陽講出了學長們的偏見與慣例：「不要理她。」

「可她剛剛看到你就躲耶，你不查一下嗎？」葉亭莉猶豫道。

紅燈轉綠燈還有三十多秒，李啟陽索性拿起警用手機，查詢了那名女子的車號，確認車輛是否有問題。

查著查著，答案都還沒跳出來，他腦中忽然想起一件事情。

誰說女生不會犯罪？

他清楚記得之前在實習時，他們曾抓過一大群女生，在KTV的應召站裡。穿絲襪、濃妝豔抹、風塵味濃厚，學長說過，這樣子的女生不是在酒店上班，就是在KTV擔任女陪侍，屬於八大行業。她們也會酒駕，她們在工作中喝了酒，下班後依然選擇騎機車回家。

李啟陽盯著對街的女人，外表就和學長形容得一模一樣。葉亭莉說的沒錯，他得攔這個女人才行！

「我們走！」李啟陽說道，綠燈亮了，雙向車輛開始通行。

目標女子也開始移動，李啟陽讓葉亭莉黏著她，自己則在後方慢慢跟進，以免被懷疑。

過了幾個路口後，又遇到紅燈了，葉亭莉騎到女子身邊停下，李啟陽也騎到了女子的後方。

葉亭莉再次搬出她的表演，她先是打了個噴嚏，然後皺臉望向絲襪女人，面色複雜地說：「不好意思，我對酒精過敏……妳有喝酒嗎？」

此話一出，旁邊的騎士都同時看過來，絲襪女人卻很淡定，沒回答葉亭莉，當她不存在一樣，也假裝沒看到後面有警察李啟陽。

李啟陽直接騎過去，大聲問道：「小姐，可以幫我停路邊檢查一下嗎？」

「我趕時間。」絲襪女子不耐煩地說道，絲毫沒有心虛的表情：「我又沒有違規。」

「我們還是檢查一下比較好，因為那位女士有聞到酒味。」李啟陽沉著臉，內心卻開始緊張了，這女人是個老江湖，而且好像沒喝酒。

「你是哪個單位的？」女人不客氣地問道：「我跟你們所長很熟知道嗎？」

太好了，李啟陽等待的就是這個時刻，在斜角地區，他永遠會受到這種人情世故的壓制，但在這個人生地不熟的地方，他可以很大聲地說：「不好意思，我不是這個轄區的警察喔，我只是剛好經過。」他板著面孔說：「我現在要依法盤查妳，請妳配合。」

絲襪女人的表情瞬間垮了，她說出許多名字，搬出了許多人來，什麼所長、副所長、局長，但李啟陽都不認帳，因為他壓根兒都不認識。

「請出示妳的駕照、行照。」李啟陽說道，並靠近女人。

一股香水味撲鼻而來，令人窒息，但伴隨著的，卻是酒精的味道。

哇！竟然真的有，這次終於中了！

絲襪女人裝得那麼無辜，結果有喝酒，剛才那個工人很心虛，卻反而沒喝，真是人不可貌相。

李啟陽壓抑住心裡的喜悅，查詢女子的證件，並順勢說道：「小姐，妳知道喝酒不能騎車嗎？」

「我哪有喝酒！」女子立刻反駁，並與李啟陽保持距離。

「我有聞到酒味喔，要麻煩妳做個酒精測試。」李啟陽邊說邊從車廂內拿出儀器，這次不再是簡易檢測棒，而是一個進階的酒精檢測箱。

這時，葉亭莉已經跑掉了，這是他們的默契，葉亭莉只能單純做一個熱心檢舉的民眾，不能牽扯其中。

「我就說我沒喝了！」絲襪女人急了，拿起手機就要打電話。

「不好意思我們在做酒測，請不要使用手機喔。」李啟陽自認為 HOLD 得住，他在實習時有面對過類似的狀況：「小姐妳是什麼時候喝的呢？我這邊有開啟密錄器了，請對著密錄器回答喔，我們現在正在執法，請配合。」

「昨晚喝的也算嗎？」女人鬆口了，被李啟陽專業的氣勢給鎮住：「我不是今天喝的欸，是昨天，我今天都沒喝欸！」

「那可能酒精還殘留一點，還沒有退唷。」李啟陽回答：「妳是喝什麼？啤酒嗎？還是威士忌？」

「是有喝一點威士忌……」女子心虛地回答，感覺大難臨頭，又想打電話。

「威士忌是烈酒，會比較慢退喔，可能妳體內還有殘留，才會這樣。」李啟陽說道：「法律規定有酒精就不能騎車上路喔，會違反公共危險罪。」

「我知道，我之前被抓過一次了。」女子懊惱地扶住額頭：「靠北，今天怎麼這麼衰！」

李啟陽拿著一根白色吹管，連接酒測器，由機器引導，讓女人往裡面吹氣：「來來來，再來，好，停。」他指導著女子。

接著就等待結果出爐，女子拿出菸來緩解焦慮，李啟陽原本想阻止她，但眼見酒測都吹完了，就算了。

李啟陽看著她的菸，觀察她的穿著，應該是ＫＴＶ小姐沒錯。她們日夜顛倒，晚上陪客人喝酒，白天才能睡覺，收入卻不多，下班後只能酒後騎車，哪來的錢坐計程車？天方夜譚！

這可能是一種原罪吧，不是刻意要抓工人或風塵女子，但他們就是比較容易酒駕。被抓酒駕就是幹那一行的風險，說是職業傷害也不為過。

「結果怎麼樣？」女子問道，看著儀器。

李啟陽盯著製單機看：「沒有超過刑法的數值，酒應該有退了，但我還是要開罰單，還要吊扣妳的機車……」

「幹，又要罰錢！」女子忍不住，就爆了一句粗口。

李啟陽忽然發現，這是最好的結果，只要沒有超過刑法數值，女子就不必被關；但酒駕是事實，所以他也能開酒駕罰單，和一般的酒駕績效沒什麼差別。

好像……成功了？

他成功了！他真的開到困難度滿滿的酒駕單了！

他完成和主任的約定了，他可以調地了！

一想到這裡，李啟陽就眼眶溼溼，他持續寫著罰單，心裡卻已經歡天喜地。他再也不必每天掃地、掃櫻花、陪學長看電視了，他終於可以打擊犯罪，在城市裡當一名威風的警察了！

「喂，你怎麼在發呆？」女子問道，讓李啟陽回過神。

「快好了。」李啟陽趕緊將罰單寫一寫、吊扣的東西寫一寫，然後交給女子簽名。

十分鐘前，她還百般不配合，想逃避查緝，但到後來也是挺認命的，知道自己躲不過就乖乖挨罰，沒什麼怨言，李啟陽忽然覺得有些對不起她。

「好，對，就是這樣，這樣妳就可以走了，機車屬於犯罪工具，會被我們扣到拖吊場，妳繳清罰款後再去認領。」李啟陽指示道。

女子碎碎唸了幾句，說自己倒楣，然後就落寞地走路離開了。李啟陽沒心思關照她，不一會兒，葉亭莉就出現了。

葉亭莉騎著機車衝過來，期待地問：「怎麼樣？她有喝酒對吧？」

「對，沒錯。」李啟陽說道，忍不住露出微笑：「我們完成了。」

「哇，那太好了，你可以調地了！」葉亭莉由衷地為他高興，下了車，湊過來就想知道罰單長怎樣。

李啟陽故意將罰單舉高，利用身高優勢躲著葉亭莉：「這不行，這有民眾的個資。」

「讓我看看嘛！」

「就真的不行。」李啟陽笑著和她玩鬧：「妳怎麼這麼快就出現了，該不會都躲在旁邊偷看吧？」

「沒事，她看不到我，我躲在很遠的地方。」葉亭莉十分得意，很慶幸自己能參與這樣的案件，她很有成就感：「你看，你不需要用那種釣魚的方法也抓得到不是嗎？所以啊，其實凡事只要多努力，總會有收穫的。」

李啟陽知道她又有一番道理想說教，但還是洗耳恭聽。所謂的釣魚，就是像上次那樣，故意用一些偏門方式引誘對方犯罪，再去抓對方。情理上確實有失道義，卻是警察常用的方式。

「我很高興的是，這次，你實實在在地靠自己抓到了酒駕。」葉亭莉一面幫李啟陽整理機車，一面說道：「這才是人民所敬佩的警察，人民所敬佩的公務員！」

「我一直都很實在嘛。」李啟陽嘟噥著，沒和她爭論什麼。

喀嚓一聲，葉亭莉突然拿起包包裡的相機，往李啟陽拍了張照片。

李啟陽促不及防，他穿著警察制服，手握罰單本，髮絲覆在額前。葉亭莉捕捉到了他一瞬間慌亂又認真的表情，遠方的夕陽照來，雖背光，卻反而將李啟陽肩上的警徽照得閃閃發光。

葉亭莉拿著相機端詳，滿意地微笑著：「我拍的，應該不會輸給你們警察月曆。」

「妳怎麼會想拍凋謝的花？」李啟陽問起了這件事，並蹲下來，將酒駕機車上了大鎖，準備扣押。

他一直記得葉亭莉想拍櫻花，而且是已經凋謝的櫻花，但因為下大雨的關係，整個東眼山的櫻花都被掃落了，要拍也得等到明年了。

「因為我想拍攝整個櫻花開落的過程。」葉亭莉回答。

「開落的過程？」

「對，我想拍攝整個由興而衰的循環，所以要拍到幼芽，也要拍到凋謝。」葉亭莉想想，這件事並沒有對李啟陽解釋過：「現在是不是已經沒櫻花可拍了？」

「是呀，全掉光了。」李啟陽漫不經心地回答：「落在地上的可以嗎？有些還沒腐爛的，說不定可以拍。」

「要拍在樹上的才有意義。」葉亭莉說，再次看了眼相機，然後收起來。

她還是想起了林維穎的死，溪水竟如此輕易地帶走了一條活生生的人命，無情，卻也乾脆，比起複雜的人情世故或政治，它好簡單。

李啟陽沒察覺到身後葉亭莉的異樣，便問：「對了，妳家到底是做什麼的呀？」

「臺商。」葉亭莉悶悶地回答。

「是什麼樣的臺商？」

「就臺商。」

李啟陽聽出了葉亭莉的不愉快：「妳真的不打算和家裡和好嗎？」

「既然立場不同，又何必勉強？」

「再不同，還是一家人吧？」

葉亭莉的父親從事國際貿易，和對岸有密切的商業往來，政府現行的法案通關與否，直接影響到了她的家族利益，學生們要阻撓法案，她父親是百分之一百反對，這就和葉亭莉意見相左了。

「所以他為了錢要和妳斷絕父女關係？」李啟陽問道。

「是我要和他吵架，不是他要找我吵架。」葉亭莉強調：「沒有斷絕關係，只是在冷戰。」

「妳要找他吵架？為什麼？他不是受害者嗎？」李啟陽聽不懂。

「受害者？他只是少賺一點錢而已，哪裡叫受害者？」葉亭莉越講越生氣：「真正受害的是我們國家，這禮拜六有遊行，你要不要跟我一起去？」

「啊？遊行？」李啟陽詫異：「去抗議嗎？」

「是的。」葉亭莉點頭。

為了阻擋法案的通過，學生發起了更大規模的遊行，號召全國人民一齊支援。對比這件大事，葉亭莉忽然覺得自己身在三峽這種小地方實在太不對了，國難當前，她竟然還在跟李啟陽辯論？

「我們應該明天就去支援。」葉亭莉越想越不對地說道，眼神堅定：「身為年輕人，我們應該身先士卒，站在第一線才對。我們有義務去反抗，我們明天就去幫忙！」

「等等等等等等。」李啟陽有些頭痛：「妳是認真的嗎？我明天要上班欸，而且我的身分不適合吧？」

「為什麼不適合？」

「我是警察，我不可能參加抗議。」

「警察就不能參加抗議嗎？你心裡沒有自己的是非對錯嗎？」葉亭莉問道：「如果有一天政府和人民對立，你是站在人民這邊，還是政府那邊？」

「我……我站在對的那邊。」李啟陽被問倒了。

「什麼叫對的那邊？你不會獨立思考嗎？」

「警察是執法者，法律說誰是對的，我就站誰那一邊。」李啟陽回答，越想越生氣，他對這件事不了解，當然不可能有清楚的立場：「不是每個人都跟妳一樣，不用工作，每天只需要想東想西，做一個理想的文青而已。妳可以想去遊行就遊行，想抗爭就抗爭，我不行。」

「什麼叫文青？你自己打開電視，社會現在有多慌亂！每天都有好多人上街頭抗議，害怕自己的未來被葬送。你躲在這山上，什麼都不知道，什麼都沒看到，你才是文青吧！」葉亭莉不甘示弱地反擊。

「誰說我不知道？誰說我沒看到？我隨時都有可能被調往前線支援，鎮壓抗議活動，我是文青嗎？」

「鎮壓抗議活動？你們警察內部是這樣傳的嗎？」葉亭莉咬牙切齒：「你到底是人民的保母，還是政府的爪牙？只會盲目聽命？」

話說到這裡，兩人算是澈底翻臉了，

面對百姓時，你警察要不要脫下制服，反抗上級站到我們這邊來——李啟陽最討厭這種言論，只有小孩子才會這樣想。

警察和軍人都是國家行使公權力的重要一環，他們的本命就是服從，這不叫盲目，這是一種使命與職責。對或錯不是由他們來判斷的，倘若每個警察和軍人都有自由意志來決定是否要服從，那國家還怎麼運作？社會豈不是大亂，打仗也不用打了！

「機車還給你，我自己想辦法回家。」葉亭莉將李啟陽的機車停在路邊，扭頭就走。

「喂！喂！」李啟陽後悔了，想喊她，卻喊不住：「喂！哪有這樣的啊！」

他陷入天人交戰，最後一咬牙，也將機車停在路邊，賣力地追了上去，追上了人行道。

眾目睽睽之下，總共有三臺機車停在路邊，加上酒駕的扣車。沒有警察這樣的，竟然將自己的勤務工具和扣押物品扔在原地，要是有一樣被牽走都是失職。

「妳幹嘛要這樣！」李啟陽拉住了葉亭莉，在捷運的地下道入口。

「你不是說你是執法者嗎？」葉亭莉轉過身來，突然有了攻擊的點，倔強地問道：「現在，你跑來追我，你在工作和我之間，不就選擇了我？」

李啟陽不知所措，聽得一片混亂。

葉亭莉指著那三臺機車：「你的工作在那裡，你有公務在身，你還跑來追我，這樣不就公私不分了嗎？」她犀利地問道：「你剛才還說你是公職，不可能參加抗議，這樣不就是心口不一？」

「妳故意的？」李啟陽皺眉。

「我沒有故意，我本來就要走，越聊只會越生氣。」葉亭莉甩開了李啟陽的手，瞄了眼地下道口：「你不可能繼續追我，你有公職在身，繼續追只會一直吵架。」

李啟陽聽出了她的雙關語，咬著牙，紅了眼眶：「妳為什麼要這樣對我？」

「我要去抗議，你要去嗎？」葉亭莉一開口就是重點，直搗黃龍，沒有任何贅句。

李啟陽瞪著她，既委屈又生氣，無法回答。

葉亭莉低下頭，露出了一閃即逝的落寞神情，說了句抱歉，便消失在地下道口，留下李啟陽孤零零在原地。

李啟陽站了好久，才回到路邊，去處理他的機車。

他還是他，那個只會做警察的他，可能吧，他也只會做這個。

葉亭莉也還是葉亭莉，家庭富裕沒有困境，未經歷過社會洗禮，自己想自己對，全世界都只繞著她一個人旋轉。

兩人好像又回到了原點，沒有交集。

第七章

酒駕績效完成之後，李啟陽並沒有如預想那般，成為警局裡的風雲人物，相反地，他鑄下大錯了。

斜角所從來都不缺酒駕績效，因為上級沒有要求，現在被李啟陽一抓，平衡遭到打破：溫泉旅館的老闆娘不爽了，賣酒的生意受影響；斜角的里長與當地鄉紳也不高興，今天是抓別人轄區，明天會不會改抓自己人呢？不知道。

酒駕和交通違規是不一樣的，有可能觸犯刑法被抓去關，李啟陽捅破了這層窗戶紙，山上的警民關係霎時變得很緊張，里長都不來泡茶了。

翁國正身為單位主管，首當其衝。

抓酒駕，表面上當然沒錯，但暗地裡卻在對外釋放訊息，說我這裡是鐵面無私包青天，以後公事公辦，有什麼情面都別講了，當然，斜角所也別想再跟別人講情面。

翁國正勃然大怒，矛頭卻不是指向李啟陽，而是指向祕書室。他知道李啟陽不可能無緣無故去抓酒駕，背後肯定有人指使。

不就好在李啟陽沒在斜角「本地」抓酒駕？他當初要是聽主任的話，在溫泉旅館抓一個酒駕，這事肯定沒完沒了。

「你高興了？你現在大概會被調走了。」翁國正對李啟陽嘲諷，穿著外套下樓，準備要前往分局，直接找人算帳。

李啟陽手足無措地站在派出所一樓，躲在盾牌後面。

那警用盾牌是昨天才被翻出來的，首都的抗議活動加劇，他們隨時有可能被叫去支援，裝備都先拿出來了。

「我叫你年底等統調，我會幫你，這樣你還聽不懂，是信不過我嗎？」

「沒有，我只是想靠自己的力量……」李啟陽覺得委屈。

「靠自己的力量？」翁國正嗤之以鼻，無奈地笑了笑：「警察哪有什麼自己的力量？你在體制裡，你就是體制的一分子，體制讓你調走，你才能調走，跟抓酒駕有什麼關係？你以為光靠一個案子就能飛天嗎？」

李啟陽沒回答，默默地被罵。

「你還年輕，當警察就是要學會看臉色，連這都不懂，你以後要吃的苦還多得是。」

「看臉色是什麼意思？看誰的臉色？」李啟陽忍耐不住了，他不是不懂，但他現在要問清楚了：「所長你的嗎？還是主任的？聽你們的話，你們就會幫我嗎？」

翁國正停下腳步，手上握著鑰匙，忽然間愣住，盯著李啟陽看。

他不是傻瓜，他知道李啟陽在問什麼。那是最簡單，也是最初的問題，他身在體制內，早已習慣不會有人問這個問題，如今竟然有人問出來，問到他都不會了。

「為什麼抓酒駕是壞事？為什麼好好工作要被罵，為什麼要擺爛才能調走？」李啟陽一口氣問道，雙拳緊握，眼淚就這麼掉了下來：「誰規定的？誰這樣教的？哪條法律這樣說的？」

翁國正愣在原地，被問得無法動彈、頭皮發麻、內心發虛。

警察和軍人就像一大片的草，風往哪裡吹，他們就得往哪裡倒，整齊劃一。若有特立獨行的，被風吹斷只是遲早的事，吹不斷也得連根拔起。

但是，隨波逐流到底有什麼好說嘴的？李啟陽有什麼錯？不願被體制同化，難道是一件不光彩的事嗎？他敢問風吹為什麼倒，其他人敢回答嗎？

「對不起。」李啟陽揉著眼睛，哭了起來：「我不該頂撞你的，所長，只是最近太多事了。」

「不，不要道歉，不要放它過。」翁國正雙眼恍神，不由自主脫口而出，然後突然猙獰起來，指著李啟陽，嚴肅地對他說道：「記得你問的問題，牢牢地放在心裡，這件事你要想很久，想一輩子，所長沒辦法回答你，總有一天，你會回答你自己。」

說完，翁國正果斷地戴上安全帽，跨出大門，往派出所外走去。

「所長，你要去哪？」李啟陽著急地追上去。

「去找陰你的人，你待著休息吧。」翁國正說道。

祕書室的如意算盤打得很準，現在要平息山上的疑慮，再三解釋是沒用的，必須將李啟陽這個搞事的菜鳥調走。至於要調去哪裡，分局內部早就喬好了，肯定是祕書室要搶人，他一個所長說什麼都沒用。

但他翁國正也不是省油的燈，他要親自出馬了，他在板橋、新莊、蘆洲等繁重地區都待過，各種警界的小手段他看多了，見怪不怪。

午休時刻，警局在休息，祕書室裡沒人。

當主任提著便當回來時，赫然見到翁國正坐在他的椅子上。

「你幹什麼？」他瞬間垮了臉，面色不善地問道。

「他把斜角里都得罪了，你以後還要怎麼帶去喝酒？」翁國正開門見山，直接談李啟陽的事。

主任將便當重重放在桌上，走向茶几喝了一口悶茶：「出去，你是什麼東西？坐在我的位置上？」

「你會帶他去喝酒，我也會。」翁國正嚴肅地說道：「我能把你的場子都砸一遍，說我們斜角所很會抓酒駕。」

主任臉色鬆動，卻不是被嚇退，而是被激怒，小小一個所長，膽敢威脅他？

三峽分局很大，法紀鬆散的，就僅限於斜角里一帶。主任當初決定要動李啟陽，只想讓他在斜角所待不下去，一旦下山，馬照跑舞照跳，不管是三峽大學、區公所還是市中心，都十分繁重，各單位開罰單都開瘋了，根本不存在酒駕縱容的問題。

「你要砸什麼場？」主任笑了，走到翁國正面前：「不要用你那青蛙般的眼界來看世界。」

「林維穎。」翁國正突然提起這個名字：「他妹妹的消息是你負責壓下來的吧？要是傳出去，你還坐得安穩嗎？」

主任的臉色瞬間冰凍，凶狠地瞪著翁國正，久久不吭聲。

祕書室專門處理公共關係，人是死在他們三峽的大豹溪，消息當然是由他親自壓下來的，外界到現在還不知道林維穎是為了救妹妹才溺死的。

但翁國正是哪來的膽子，竟敢用這件事來打他？

要知道，壓案絕對不是他的意思，利害也與他無關，甚至也不可能是分局長的意思、局長的意思。那是由政府高層直接發下來的指令，擴及到消防單位、電視臺、醫院……他不過是中間一顆小小的棋子，只能受人擺布，哪有不聽話的權力？

「你是斜角所的主管，人是死在你的河裡，他妹妹也是你查出來的，你跟我同在一條船上，你敢威脅我？」主任火冒三丈：「怎麼樣？你也想威脅局長？市長？」

「我大不了再被調回市區而已，屁大點的官，沒有地方可以貶啦！」翁國正毫無所謂地攤手：「但你就不一樣了，消息要是走漏，你公關主任就不用做了，你可以被降幾級呢？」

主任面色鐵青，穿鞋的最怕有人赤腳踢館，高處不勝寒。群眾抗議現在還沒結束，林維穎的內幕要是被爆出來，別說他承擔不起，整個警界都沒人敢揹鍋。

「你到底想怎樣？」主任瞪著翁國正。

「放了李啟陽吧。」

「啊？就因為他？」主任滿臉納悶：「放？放什麼放？一個小鬼而已，放什麼？」

「他想調走，你跟人事室說幾句，讓他調走吧。」

殺雞竟用牛刀，主任此時心裡一萬個問號飄過，他們原先是在聊李啟陽沒錯，但翁國正搬出了身家性命，竟然只為了這點小事。

「你真是傻了，為了他得罪我？」主任滿臉的憤怒與疑惑，自然是同意：「學運結束後，你休想蒙混過去，該滾回哪裡就滾回哪裡，三峽不需要你這種背骨的。」

翁國正見目的已達到，便站起來，準備走人：「隨便你，但你答應我了，說到要做到。」

「我沒那麼沒品，他也不值得我反反覆覆。」主任望著翁國正離去，還是忍不住再次問道：「到底是為什麼？」

「年輕人有夢，給他們一點機會。」翁國正回答，瞥了主任一眼，知道自己會被秋後算帳，便再無顧忌：「山上不是他該待的地方，要調就把他調出三峽，免得你一天到晚又動他的主意。」

有了翁國正與主任的暗中發力，李啟陽的調令突然間就通過了，最快下個月就能調走，堪稱不可思議。

果然，官場內的東西透過尋常管道是最不可靠的，公文擱在抽屜裡，三年五年都不會被看一眼。但只要有人運作，昨天申請今天調走，也不是不可能的事。

竟然真的可以調走了！而且還是全臺灣隨便填！

李啟陽看著眼前的公文，雙眼呆滯。他心心念念要調地，現在機會來了，他卻反而無所適從。原以為只能調峽大所，結果好運大爆滿，他可以離開三峽，去任何他想要的地方。

學長們紛紛給他出餿主意。

「要去哪裡呢？啟陽？」賢哥奸笑著說道：「去海山分局好了，有海又有山，一定是個好地方！」

「別聽他亂講，海山就在市中心，是整個新北最恐怖的地方，都是菜鳥在賣肝，老鳥都飛走啦！」另一位老學長趕緊澄清，並又出了個餿主意：「不如去松山好了，有松樹又有山，這回肯定是真的山了！」

「你們別把啟陽當傻子，人家心中早就有一把尺。」翁國正看不過去，拍了拍李啟陽的肩膀，微笑：「所長推薦你去中正分局，就在總統府旁邊，老百姓肯定中中又正正，非常規矩，很好管。」

「哈哈哈，你才是在坑人吧，中正區的抗議那麼多，忙都忙死了！」眾人大笑。

這一番戲謔，傳進李啟陽耳裡卻聽到了一個敏感詞：抗議。

沒錯，抗議還如火如荼地在進行著，自從上次一起抓酒駕，葉亭莉就消失了，李啟陽再也沒收到她的消息。她沒有再上山來，也沒有再傳訊息給他。

失戀，李啟陽自然很不好受，但他不認為自己做錯了什麼。他深信，葉亭莉正身處在學運之中，身處在抗爭之中。

學運澈底大爆發了，群眾終於發現，林維穎是去救妹妹的，而不是去玩水。媒體的掩蓋讓人民感覺受騙，簡直欺人太甚，這幫人上下其手想抹黑林維穎，打擊學運的士氣，若非群眾的意志夠堅定，早就上了當，被驅逐撤離。

「欸，所以你到底要調去哪裡？」學長忽然推了李啟陽一把，讓李啟陽回過神。

大夥兒還嘻嘻哈哈的，渾然不知外頭正在發生的大事，也不知李啟陽的心思。

我不會去峽大所了，那裡離她太近，我要離開三峽。

對於葉亭莉的失聯，李啟陽並不是沒做過努力，前天他與賢哥去巡山時，赫然發現那棵百年櫻花樹竟然又結出了花苞，有花苞就代表會再次開花，葉亭莉就能拍到她想要的照片了！

很少有同一株櫻花會分兩次開花的，李啟陽趕緊傳訊息給葉亭莉，但葉亭莉卻沒有回覆，也沒有已讀，李啟陽也就放棄了。他想，就這樣吧，都什麼時候了，還在談櫻花的事情。

葉亭莉算是澈底消失了。

眾人還在戲謔，拿著他的公文玩耍，只有桌上印著他照片的月曆和他對望。

他對三峽還是有遺憾的，他沒有好好當到一個警察，也沒有好好和葉亭莉道別，但腳步始終向前，他就是這樣的一個人，哭過、笑過就可以了，這是阿嬤教會他的。

三峽則即將成為他生命中的回憶，在東眼山這將近一年的時間裡，他也並非什麼都沒學到，這肯定會是一段難忘的過去。

然而，計畫總是趕不上變化，三月下旬，四月將至，調令都還沒正式生效，事情的發展又急轉直下。

抗爭運動澈底爆發了，以學生們為領頭，群眾大規模地突襲了政府機關，在凌晨時分占領了行政院等諸多辦公院所，國家進入緊急狀態。

李啟陽記憶猶新，那天夜裡他睡得正舒服，賢哥卻將他叫醒。

「起來了！還睡個豬頭啊！」

「起床！」

他走出房間，整棟樓燈火通明，他顧不上疑惑，赤著腳就衝下樓。窗外動靜很大，有警車的引擎聲，不在如以往的深山那樣靜謐。

翁國正站在一樓，盤點著到齊的人員，他也穿著睡衣，顯然剛剛才緊急過來派出所。

「臺北那邊缺人，現在要調我們上去。」他拿著一張紙，嚴肅地解釋現況：「全部裝備換一換，跟警備車走，十分鐘後這裡集合！」

蛤？現在？真的嗎！

但只有李啟陽震驚，其他學長早就有了心理準備，一個比一個臉臭。眾人立刻行動起來，換衣服的換衣服，拿警棍的拿警棍，整裝待發。

警局派來的警備車已經停在外頭，就像學生時期的校車一樣，長長一臺，統一載送。包括翁國正本人，所有人都坐上警備車，連同其他單位的同事，前往臺北支援。

一切都來得太快了。

途中經歷了幾次轉折，天空亮起，進入市區，紅綠燈閃爍；車子越換越大臺，有從桃園的、臺中的、甚至是高雄調上來的警力陸續合併，非常混亂。李啟陽緊挨著他的三峽同事們，深怕被拆散，心裡忐忑萬分。

他們只能遵從長官的指揮，倉促地在車上聆聽簡報，裝備各種警械。這不是要去哪裡，這就是要前往第一線去當鎮暴警察，面對那些抗議群眾了。

有些心理狀態不好的菜鳥當場就哭了出來，他們糊里糊塗上了車，跨越近百公里，現在才被告知要去鎮壓學運，宛如被臨時抓上戰場的軍人，毫無準備。

李啟陽的心情也很複雜，心裡有底的人都知道，這趟北上，沒有個七、八天是回不來了。從各種新聞媒體和網站都能看到，鎮守的警力全天站著，久久才換一班。

他們露宿街頭，只能窩在臨時帳棚吃泡麵、睡睡袋，風吹雨打照樣要上場，舉著盾牌面對辱罵、叫囂、推擠、丟雞蛋等等威脅。

很快地，李啟陽跟著學長們到達臺北市，並且上了最前線。

他拿到一個大盾牌，因為資歷最淺，優先被調度到第一排承受壓力，禮讓比較年長的學長們在後方保存體力。

但大夥兒都是一體的，沒有人能置身事外。

令李啟陽驚訝的是，原來首都的警力已經被榨乾了，竟然需要調度他們三峽的人，甚至連中南部警察都要上場。

「退回法案！重新審查！」

「退回法案！重新審查！」

「退回法案！重新審查！」

群眾的吆喝聲迎面而來，李啟陽恍惚，上一秒他才在後方聽長官勤前指導，下一秒就已經被推到了第一線，替換已經站了三個小時的前輩下崗。

他舉著沉重的盾牌，戴著警盔，肩膀挨著左右兩個同胞，被夾著無法移動，在陽光底下抵禦著群眾的進攻。

他們是沒有距離的，警盔底下，眼前就是抗議的群眾，面對面貼著盾牌。對方手舉白布條，口沫橫飛地控訴著，李啟陽能清楚聞到汗臭味與口水味，他既難受又無奈。

他站在中山北路上，與學長們連成三層牢不可破的人牆封鎖線，與另外三條道路面的警力，結合為一個正方形。而正方形的中間正是行政院，國家最高的行政機關。

行政院裡面並不是沒有人，行政院正被學生給占領著，另一波警力正在對付他們，想將他們給捉出來。但沒有上級明確的指令，警方也不敢輕舉妄動，只能保持現狀。

警察必須阻止更多人進入行政院，隨著場外群眾越來越多，他們的目標也更明確了，一定要守住這個正方形。

「退回法案！重新審查！」

「退回法案！重新審查！」

「退回法案！重新審查！」

李啟陽耳朵轟隆隆的，承受著擴音器的音量，先前只在電視上看過的場景，現在他完全涉身其中了。他不是只呆站著就好，幾分鐘後，群眾開始衝撞，一股腦地往盾牌撞過來，發起猛烈的攻勢。

「你們不要擋，你們這些政府的走狗！」抗議人士喊道。

「讓開，你們這些王八蛋！」

強大的力量開始推擠盾牌牆，李啟陽只能奮力用身體頂住前方，只要有警察倒下，盾牌牆出現破口，群眾就會一擁而上，如潮水般衝進行政院。

「再次舉牌警告，你們的行為已經違反集會遊行法，請立刻解散！」後方的指揮官用巨大的傳聲筒喊道，但根本壓不過群眾的聲音。

李啟陽艱難地抵禦著，他的個頭比盾牌還高出一小截，只能向下壓低姿態，保護自己。他很納悶為何指揮官不下令驅離，他記得只要舉牌三次，就能逮捕對方，在警校時就是這樣教的，怎麼換到現實生活就不管用了？

他懵懵懂懂地想著，他們畢竟是民主國家，能不能逮捕，並不是警察可以決定的事情，所以他們只能僵持著，等待高層的指示。

舉牌肯定已經超過三次了，從他第一次遇見葉亭莉時，抗爭就開始了。前些日子的警察都是這樣子站過來的，李啟陽以前可以不去了解這些事，但現在不行，因為他就站在這裡，現在。

「再次警告，你們的行為已經違反集會遊行法，請立刻解散！」指揮官的聲音再次傳來，卻只是徒然。

從早上九點鐘開始，十點鐘、十一點鐘、十二點鐘……李啟陽接連站了四個小時，汗水浸溼了他的身體，盾牌依舊拿在他手上。在烈日下，他不懂，不是說好三個小時換一班嗎？怎麼沒人來接替他？

從凌晨突然被叫醒到現在，他已經超過十二個小時沒休息了，舟車勞頓不說，這一站，未免也站太久了吧？

他雙腿發軟，抗爭的力道卻忽然加劇，他並沒有迎來休息。

一籃子的雞蛋忽然砸過來，接著就是爛菜、胡蘿蔔，李啟陽閃避不及，也無法閃避，他就這樣被雞蛋砸個正著。惡臭的汁液從他的臉頰流下，眨眼再睜眼，換成寶特瓶飛過來，他趕緊舉起盾牌抵擋。

這番突襲令警方大亂陣腳，李啟陽所在的路面，盾牌牆霎時此起彼落，為了抵擋投擲物而排列不一，使得防禦能力瞬間弱化。

「不要動！盾牌拿好！」後面的哨音響起，指揮官下令穩住陣腳。

但眾人哪可能不動，站在前線就像個活靶，東西一直丟過來，不拿盾牌擋就會被砸傷；先前的警力也不是沒經歷過丟雞蛋，但這回抗爭的群眾實在太多了，即使有三道警力人牆也擋不住。

「衝啊！」群眾領袖嘶吼道。

在丟雞蛋的助攻下，盾牆出現破口，一個警察被推倒了，群眾踩著他的盾牌往上衝，霎時之間一片天昏地暗。

內部的待命警察立刻湧過去支援，但為時已晚，已有超過二十位抗議者衝入了院區內。指揮官見情況不對，當機立斷，下達鎮暴令，進行驅逐及逮捕。

哨音一響，警方轉守為攻，李啟陽反射性地舉高盾牌，他身後的學長則將長長的警棍從縫隙中戳出去，戳中了某個人的肋骨；接著又一個哨音，整個盾牌牆應聲往外推，推倒了第一排的群眾，霎時在正方形外清出一條空隙。

「警方現在依照集會遊行法進行驅逐，請立刻離開現場，再重複一次，留在現場者均視為現行犯逮捕！」指揮官喊道。

哨音持續響著，後備的警力全都上場，不僅逮捕了剛才衝入院區的抗議人士，也陸續擴大盾牆。一個哨音就是一次的警棍戳出，再一個哨音就是推倒，而被推倒的群眾都被拉入了警牆中銬上手銬，過程濺血，無可避免。

就這樣，僵持的平衡終於被打破了，盾牆持續擴大，警方強勢鎮壓，掃清了中山北路四線道中的兩個線道，並立刻在中央分隔島設立拒馬柵欄，作為中繼站，繼續向外驅逐。

混亂之中，李啟陽也算不清楚自己傷到了多少人，他的盾牌很重，打在人的臉上更重；他身上都是臭雞蛋，卻還聞得到血腥味，警棍從他的肩上戳出去，每一下都是一個人倒，群眾開始哭喊，傷的傷、逃的逃，哀鴻遍野。

李啟陽親眼見到有個學生眼鏡碎掉，從他身旁被拖入警隊中上銬逮捕，臉壓在地上都是鼻血。而他在哨音的驅使下，只能繼續往前推，他沒有選擇，猶如戰車般往前輾壓，不因任何人而停下。

此番鎮壓行動持續了近半個小時，逮捕了好幾百人，警方收復了行政院的四個路面，並將拒馬擴張到線道另一端，肅清了院外的抗爭勢力。

但他們並沒有勝利，反而是慘敗，媒體一面倒地譴責了這次的舉動，什麼「警察打人」、「暴力政府」。所謂的政治，這就叫做政治吧，被丟雞蛋的時候，沒人看得見李啟陽有多狼狽。法案不是他通過的，政策也不是他做的，但被攻擊、被砸菜、被辱罵的人卻是他。

真不公平。

一切尚未結束，鎮暴行動只換來短暫的寧靜，抗議群眾都沒走，還徘徊在遠處。警隊只能繼續站著，和對方保持一條大馬路的距離，隔著拒馬遙遙相望，宛如兩座島嶼。

李啟陽也終於可以休息了，歷經了六個小時的站立和丟雞蛋的洗禮，他已經疲憊不堪，一下崗就坐到地上猛吃便當，水瓶一扭開就灌，沾得整個領口都是，但誰在乎呢？

放眼望去，在帆布搭成的臨時指揮所內，到處都是躺著睡覺的警察，大夥兒都累垮了，七零八落，哪邊平坦就哪邊躺，就地休息。

李啟陽找不到所長，也找不到跟他一起來的同事，到處都是不認識的人。他覺得孤零零的，回想剛才所受的委屈，傷痕累累，不禁心酸無比。

馬路另一頭的抗議群眾也在吃飯、也在喝水、也在就地睡覺，他們並不是敵人，而是和他同生同源的同胞，卻因為立場不同，而成了互相傷害的兩端。

李啟陽忽然想起葉亭莉說過的，當有一天他不得不拿起武器，站在人民的對立面時，他會怎麼做？現在他終於懂那種感覺了，他只感到悲從中來。

然後，他看見她了。

他看見葉亭莉了。

她就在遠方的一棵路樹下，凝視著他。

她什麼也沒做，就坐著，望著他，彷彿已經在那裡很久似的，但她臉上的傷痕證明，她也置身在剛才的抗爭之中。

果然，妳在這裡。

她雙眼疲憊，全身被汗水浸透，卻堅定。

李啟陽忽然很懷念第一次見面時，她拿著相機站在櫻花樹下的樣子，那麼平靜，那麼美麗，那麼平凡。擺在眼前的現實卻如此無情，他們曾並肩走在櫻花樹下，現在卻被撕裂，分隔兩方。

李啟陽忘了自己看著她多久，他睡著了，不知不覺地。當他醒來時，已經晚上了，他是被學長給搖醒的，因為要換崗了。

他穿上制服，拿起盾牌，準備再次上場。腰痠背痛不必說，更累的是心靈，他不曉得自己還會再遭遇什麼，想起盾牌敲在對方腦殼上那種震動，他的手就軟。

鎮暴行動雖然清空了行政院的周圍，但並沒有嚇退群眾，大部分的人依然留在原地，守在拒馬之外靜坐，以沉默來抗議。

再晚一些，有人開始唱歌，唱的是什麼歌李啟陽聽不清楚，他渾身發麻，明明是春天，手卻好像凍僵般，黏在盾牌上無法動彈。

他站立著，聽他們把歌唱完，一首接著一首。他也傷痕累累，也想結束這一切，但這是誰也無法決定的事情。

遠方國旗飄揚，不知是哪個機關所掛，即使在夜裡也清晰可見。

憑著月光，李啟陽才剛認清它的全貌，就見一顆燃燒彈油然升起，如夜晚的太陽般，在空中迸發、綻放、耀眼奪目。

直到身後的蜂鳴聲響起，李啟陽才意識到那意味著什麼，國旗被燒毀了！

學生用燃燒彈燒掉了遠邊的國旗，這一舉動觸碰到了警方的紅線，警笛聲響起，哨音大作，向另一端發出嚴厲的警告。

但學生那邊並沒有停止行為，他們又發射了第二枚燃燒彈，燒毀其他國旗。幾分鐘過後，政府高層已經忍無可忍，終於發布了「清場」的命令。

拒馬開啟，裝甲車一輛又一輛地駛向了那些群眾，強力水柱發射，一時之間風雲色變，警方以雷霆之勢逮捕群眾，到處都是學生被上銬、壓在地上被拖往警車。李啟陽這邊也沒閒著，他也上了前線，奉命抓住所有可見之人。

群眾的數量終究比警察還多，落單的警察非常危險，有可能被毆打、搶走警械，只能倚靠裝甲水車將對方沖散，警察再接著逮捕。

李啟陽已經用掉了他的鐵手銬，口袋裡剩下塞滿的塑膠捆條。

他和一個老警察共同壓制一個學生，老警察坐在學生的背上，手指都被磨掉了一層皮，流血，氣喘吁吁地讓李啟陽趕緊上銬。

李啟陽手忙腳亂地捆綁住學生，一方面要擔心被對方攻擊，另一方面還要擔心老學長的身體。他見老學長好像心臟病發作一樣，額頭上大珠小珠如雨流，五十多歲了還被派上前線，不禁捏了把冷汗。

「還愣著做什麼？另一隻手快綁好！」學長喝斥道。

李啟陽趕緊照做，他也希望快點，因為學生好像要被壓死了，整張臉漲成紫紅色的，連說話的力氣都沒有。

除了警用裝甲車，救護車也來了，這有一套作業程序：沒受傷的送警察局，有受傷的就送醫院，只要能趕快結束這場鬧劇，把人移走，怎麼樣都好。

「砰」地一聲，不知道從哪裡，又發射了第三枚燃燒彈。

局勢更加不可收拾，天空紅通通一片，雙方變成了沒有規則的大亂鬥，打架、丟石頭樣樣來，指揮官的聲音聽不見，大夥兒都分散了。

李啟陽也和那個五十多歲的老學長走散了，他自己一個人沿著大馬路往外走，腳很痛，卻不敢停下來，他知道自己是警察，不能怯戰，他得去支援其他警察。

嗚咿嗚咿嗚咿——

沿著拒馬，救護車呼嘯而過，他看到有人被抬上車、有人流很多血，也看到在拒馬另一頭，有一大批學生正在奔跑過來。

他忽然害怕起來，他知道他們是敵人，於是轉身就往反方向逃跑。他邊跑邊流淚，他覺得好羞恥，不懂為什麼會這樣，他明明是一個警察，竟然在逃跑。

噢，痛！

突然，他撞到了人，跌在地上，在街口轉角，撞得眼冒金星。

抬頭看，不是別人，正是葉亭莉。

葉亭莉捂著額頭，她的眼眸震驚閃動，映照出他的臉，他才知道自己有多麼狼狽，領口都開花了。

「快跟我走！」葉亭莉想也沒想，拉住李啟陽的手，帶著他繼續逃跑。

兩人跑著跑著，直到遠離那片紅橙橙的天空，才停下來。

「我們不應該走在一起。」葉亭莉放掉他的手，喘著氣說道。

「是妳拉住我的。」李啟陽疲憊地回答，雙腳發軟。

「你自己選。」

「選什麼？」

「你自己選，你現在要當哪邊？你要脫下制服跟我走，還是回到你們警察那邊？」葉亭莉嚴肅地問道，盯著李啟陽不放。

「我……」

李啟陽掙扎著，巷口卻忽然傳來動靜，出現了三名不速之客，是身穿著特戰衣服的保安警察，堪稱警界的特勤隊。

「兄弟，怎麼了？需要幫忙嗎？」三人持著步槍，快速走過來，關心地詢問李啟陽。

葉亭莉反射性地遠離李啟陽，她意識到她完蛋了，她被四個警察包圍了，李啟陽也是警察呀！

李啟陽慌張極了，但他急中生智，趕緊說：「沒事，我們在等警備車來，她是便服的。」

言下之意，是要讓葉亭莉假裝成便衣警察，葉亭莉愣了一下，立刻接話：「不用擔心我們，我們小隊已經快收了。」

三個特警互看一眼，沒有多懷疑，點點頭就走了。

危機解除後，李啟陽雙腿一軟，跌在地上，盡失精力。

「你怎麼了？還好嗎？」葉亭莉趕緊拍拍他的臉頰。

「我不要選！」李啟陽揮開她的手，忽然激動起來，大聲回答她剛剛的問題，並瞪著她的臉：「為什麼一定要選？選這邊，妳就喜歡我，選那邊，妳就恨我嗎？我不要選！」

葉亭莉被問得愣住了，她皺眉，搖了搖頭：「你早就選了，你是警察。」

「回來！」李啟陽見她要走，伸手將她拉住，哭了：「我是警察就不行嗎？妳好奇怪，妳不喜歡我就直接說，跟我選哪個有什麼關係？」

「不是你的錯。」葉亭莉別過頭去，自己也很憔悴，倍受煎熬：「我對我爸爸也是一樣的。」

「所以妳好奇怪！不都是一家人嗎？不都是重要的人嗎？妳是變色龍嗎？怎麼能說放就放？」

葉亭莉回答不上來，她自己也不知道，她只能狠下心，甩開李啟陽的手。

「我要調走了！」李啟陽坐在地上，對著她的背影哭得唏哩嘩啦：「我們可能不會再見了！」

他知道她不喜歡幼稚的男生，更遑論愛哭的男生，但他不在乎，他只想要一個答案，他不能糊里糊塗地在這裡結束，甚至連有沒有結束都不知道。

「你是我最喜歡的男生。」葉亭莉背對著他說道：「但是我現在不可能談戀愛。」

「好。」李啟陽點點頭，擦乾眼淚，他接受這個答案：「謝謝妳，我也很喜歡妳。」

聽到這句話，不知道為什麼，葉亭莉的心理防線頓時崩潰了，背對著他，她也哭了出來。

喜歡李啟陽的原因沒有別的，他就是那麼地單純、率真。

酒促小姐的事，有錯他就承認；調遷的始末，所有努力她全看在眼裡。他不說謊，也沒有其他男生那些小動作與花招，他就是他，認真踏實地過每天的生活。

單純和幼稚是兩回事，她一個女孩子分得很清楚。而這一切，跟政治立場、跟什麼警察的，哪有半毛錢關係？

葉亭莉衝回來，摟住李啟陽的脖子，眼淚一滴一滴掉著：「對不起！」

她知道她很偏激，都是她的錯。

李啟陽也抱著她，卻遲遲沒有站起來，一直坐在地上。

葉亭莉這才發現，他的右腳血流不止，不曉得被什麼東西給刺到了，腳踝的襪子都染紅。

「你受傷了！」她驚聲說道。

李啟陽低頭一看，這才明白為何站不起來，他的雙腳早就麻痺了，根本感覺不到疼痛。

「脫掉，不要動！」她伸手摘掉他的鞋子和襪子，就像暴風雨那天他為她做的一樣。

李啟陽的腳踝已經漲成了紫紅色，瘀青加上撕裂傷，倘若沒處理好，可能會傷口感染。

葉亭莉不由分說，直接把拿出手機，打算叫救護車。

「不可以！」李啟陽趕緊阻止她：「妳叫一一九，警察也會過來的。」

「你看看你的腳，再不去醫院，說不定要截肢。」

「叫不到救護車，沒用的。」李啟陽搖搖頭。

在這種狀況下，一一〇與一一九早就滿線了，救護車滿街跑，都在支援警方的肅清行動，電話根本打不進去。

再說，他可是警察，還在執勤中，臨陣脫逃就算了，還占用救護車的醫療資源，算什麼意思？會不會太掉漆了？

「都什麼關頭了還在逞強！」葉亭莉堅持要打電話，但確實打不通。

「我自己用走的。」李啟陽艱難地爬起。

「你怎麼走？」葉亭莉趕緊攙扶他：「都腫成這樣了，你剛才到底是怎麼跑的？」

李啟陽痛了一下，又摔倒在地，這回再也站不起來了。

葉亭莉嘆了口大氣，索性就蹲下來，也不等李啟陽反應，一個勁就將他揹起來。天知道她一個小女生，哪來那麼大的力氣。

「你把制服脫掉，快點。」葉亭莉心想不對，又補充道：「不然會被發現！」

李啟陽趴在葉亭莉背上，猶豫了一下，終於照著她所說，脫掉了引以為傲的警察制服。血跡、髒汙、斑點、臭雞蛋交雜在一起，他將制服牢牢兜在懷裡，死活不鬆手。

這下，他和葉亭莉成了兩個筋疲力盡的普通人，逃亡在街上。

葉亭莉揹著李啟陽，瞥了行政院最後一眼，果斷扭頭就走。從此刻起，她也放棄了抗爭者的身分，離開戰場，她有更重要的事，她必須先救她重要的人。

李啟陽攀在葉亭莉背上，沒有什麼包袱，也不覺得丟臉。他腦袋昏昏沉沉的，渾身失去力氣，只惦記著一件事：「妳都跟我和好了，也要跟爸爸和好，可以嗎？」

「都什麼時候了你還在講這個？」

「這個很重要，爸爸媽媽是最重要的。」李啟陽越說越迷糊，已經快支撐不住：「還有阿嬤……」

葉亭莉心頭一酸，想起了他是奶奶撫養長大，形同孤兒，突然間意識到自己擁有的是那麼多，多到浪費而不自知；多到明明很喜歡他，還可以隨便捨棄，自以為瀟灑。

一夕之間，她好像長大了。

她抓緊李啟陽的手臂，更加賣力地往前跑，眼淚雖掉著，卻愈發堅定，眼前的世界煥然一新，全是不同模樣了。

第八章

這場春季爆發的抗爭，終於結束了。

檯面上的政治家們達成某種妥協，擱置爭議，與學生握手言和，雙方退回起點，人潮也隨之解散，事情總算告一段落。

政治的東西李啟陽不懂，他只知道，他終於可以回家了。他只是一顆渺小的棋子，當他手握盾牌，堅守崗位時，他所捍衛的，是一個他連面都沒見過的政客。

未來肯定還會遇到新的抗議，警察這輩子，有一大半的時間都在和民眾對抗，不管是開罰單、抓小偷，還是拿起警盾排排站，他們別無選擇。

但李啟陽並不焦慮，這是他的工作，正義與不正義是一道長長的光譜，並不是非此即彼的二元選擇，他知曉自己的位置。葉亭莉問過他，對於警察打學生怎麼看，他不會打學生，他也譴責打學生，結案。

回到三峽後，李啟陽在派出所睡了整整兩天才恢復體力，這是警局給他們的補假。夢裡，他還是夢到無線電在叫，以及拒馬晃動的聲音。他永遠無法忘記自己穿制服逃跑的那一幕，刺痛他的不會是腳傷或雞蛋殼，就是那一幕而已，他會在深夜被嚇醒。

做警察，好像沒那麼簡單，他或許得花一輩子，才能跟那一幕和解、跟自己和解。但不會是妥協，也不會是糊里糊塗的讓步，因為他還要做警察，他正在做，未來也會一直做。

這些經歷，他不知道是不是創傷，但肯定會成為他在三峽最難忘的回憶。

「喂，睡什麼睡，都十二點了，還不起床！」

補假的第三日，賢哥衝進寢室，一腳將他踹下床：「所長要拜拜了，過來一起拜！年紀輕輕就讓人家等！」

拜拜？

李啟陽滿腦子混沌地坐起身體，房門敞開著，陽光正好，風微涼。

他套了件衣服，才想站起來，就感覺右腳一陣刺痛。

他的傷還沒好，勉強能走，調整繃帶後便一拐一拐地下樓。

起初他還不明白拜拜是什麼意思，直到喧嘩聲加大，一整桌普渡食物映入眼簾，他才知道，所長為了給大夥兒去去霉運，挑了個良辰吉時，辦了場祈福儀式。

風吹來，供桌擺在門外，面對整個斜角山景，香火裊繞。

「來來來，你站這裡。」翁國正朝李啟陽招手，並點了一束香遞給他。

斜角派出所，四位同事包含所長，全員到齊了。

正午時分，李啟陽拿著香，站在所長旁邊，眺望眼前的大好陽光，有些恍惚，迷迷糊糊。

供桌上都是泡麵及水果，他一時沒忍住，肚子咕嚕咕嚕地叫了起來，惹得全場一陣笑聲。

「快點拜一拜，等一下有你好吃的。」翁國正心情好地說道：「山下阿姨會送外燴上來，我叫的，算是替你辦的餞別宴。」

「餞別宴？」

「他們沒告訴你嗎？」翁國正瞄了一眼旁邊的人，然後說：「你的調令生效了，明天辦離差，下禮拜準時去深坑報到，你要調走了。」

李啟陽愣了一會兒才明白翁國正在說什麼。

深坑，是李啟陽最終選擇的地方，因為他妹妹在那裡讀大學，那裡也有個學區，他想就近照顧。而且他打聽過，深坑不會很輕鬆，也不至於忙到像警察地獄，很適合他。

況且，他喜歡這個地名，正如他當初選填斜角一樣，全靠直覺：雖然斜角所他選錯了，但他有預感深坑不會再錯，說不定會在那裡遇上什麼足以改變他人生的大事。

「恭喜呀！」

「恭喜調走！」

「去那邊要好好保重唷！」按捺已久的學長們拉開了禮炮。

一時之間，五顏六色滿天飛，燦爛繽紛。

歡笑過後，煙香全插齊了。拜拜結束，供品搬進去，李啟陽心裡也踏實了。他人生的一個小小階段結束，準備邁向下個里程碑，但他心裡還惦念著一件事，就是葉亭莉。

他和葉亭莉在醫院分離後，就沒有什麼聯繫了，大概兩天。

可能因為他都在睡覺吧，但他傳過訊息，打過電話，卻總是錯過。李啟陽很擔心，擔心她那天會不會又回到抗爭現場，被逮捕、被捉走，畢竟她就是那種人。

「對了，她有來看你。」翁國正忽然說道，和大夥兒在那嗑瓜子，隨手往外丟，裝得滿不在乎。

「誰？什麼時候？」李啟陽心臟都快跳出來了。

「早上，我請她下午再來。」翁國正竊笑，和其他同事眉來眼去，狼狽為奸：「誰叫你睡得跟死豬一樣，樓下都聽得見打呼聲，差點要放她進來聽。」

「不會吧！」李啟陽頓時陷入混亂：「等等，你……你們都知道她是誰？」

「當然，又不是眼瞎。」賢哥調侃他，朝他拋媚眼：「那麼漂亮的女孩子，兄弟，你真厲害啊。」

「她說要跟你約在櫻花樹見。」翁國正說回正題：「天氣涼，我看她沒穿多少，你多帶件外套吧。」

李啟陽顧不上腳痛，三步併作兩步跑上樓，葉亭莉在等他了！

翁國正望著他的背影，略為出神。

「你呢？你會怎麼樣？」賢哥問道：「聽說分局要拿你開刀了，追究溺水的事，不管怎樣都會安你一個管理不當的罪名。」

「隨便他們找碴。」翁國正不在乎地說道，燒熱水開始泡茶：「大不了再調回市區而已。」

「唉，你跟祕書室打那麼凶做什麼？」

「警察這一生，若不和長官吵一次、不和歹徒幹一架，制服算是白穿的了。」翁國正苦笑，給對方斟茶：「退休是給你們這些老學長過的，我覺得我還年輕啦。」

「你就是腿腳不好才調來的，還年輕？你血壓都快比我高了。」賢哥吐槽他：「嘖嘖，都當這麼久的警察了，怎麼突然飄出一股菜鳥味啊？」

「我就當你是在誇我囉？」翁國正咧嘴一笑，笑得很開心，合不攏嘴。

李啟陽急匆匆地騎車上山，赴約的心情堪比牛郎見織女，既興奮又著急。

這兩天，他當然也有夢到葉亭莉，是她救了他，揹著他到醫院，不離不棄。直到警察同事找上門，她才溜走，當時的警民情勢畢竟還緊張著。

傍晚，清風徐徐，遠遠的，他就看到她站在百年櫻花樹下，一襲裙擺飄逸，就好像初次見面那樣。他不自覺放慢車速，緩緩騎過去。

葉亭莉轉過頭來，朝他微笑。

她手上拿著相機，又仰望大樹，用鏡頭捕捉之前來不及留心的事物。現在有大把大把的時間能好好沉澱，所有的忙碌倉促都過去了。

機車騎到不能騎的地方停下，李啟陽徒步靠近，他的腳踝包著繃帶，尚且能走，慢慢走。

「怎麼都不回訊息？」李啟陽問道。

「你在睡覺。」她回答。

「還是可以回呀？」

「我喜歡直接見面。」葉亭莉再次看向他，拿起相機朝他拍了一張照：「等你準備好，等你傷好了，我們直接見面。」

李啟陽來到她的面前，凝視著她，伸手撥了撥她的頭髮，撥掉細碎花瓣。

先前發現的那幾株花苞，正巧都盛開了，且在盛開末期，或有枯萎凋零，殷殷粉紅地，被褐色給渲染，垂頭向下。

如此一來，含苞待放、初露鋒芒、繁華盛開以及凋零謝幕，就都被葉亭莉給拍到了，他們一起參與了整個花期的始末。

「妳開心嗎？」李啟陽望著她問道。

「嗯，還算滿意。」葉亭莉點點頭，頂起驕傲的鼻尖：「學運沒有白費，大家的血淚都是值得的，歷史會記得我們。」

然而，葉亭莉心中其實有股淡淡的空虛。

櫻花樹上曾經激烈過，但一切都落土後，只剩光禿禿的枝幹。歷史記得歸記得，她自己又給自己留下什麼？滿地一片狼藉。

「我懂你當初說的了。」葉亭莉感慨道，拉著李啟陽，來到櫻花樹的背面：「政治歸政治，再怎麼樣，也不該傷害到家人。」

「妳家怎麼了？」李啟陽略為擔心。

「沒事，我跟爸爸和好了。」

「真的？」李啟陽喜出望外，他是真心高興，他從來都希望葉亭莉家庭和睦。

「和好歸和好，但吵都吵了，本不應該吵那麼凶的。」葉亭莉嘟噥著，蹲下來開始挖地面，不曉得在挖什麼。

每個人都有自己的立場，李啟陽有他警察的立場，葉亭莉也有她抗爭者的立場、自然，她爸爸也有他商人的立場。並不是自己對，就要把其他人往死裡打，那太奇怪了，這世界還有其他顏色，不是非黑即白。

在拒馬的另一側，她看到李啟陽被砸雞蛋，看到有無數人受傷，她終於懂了，大家同是生活在這島嶼的一群人，為何要互相傷害呢？

「我也要跟你道歉。」葉亭莉說道：「當初不應該跟你吵架的，你有你的工作，我沒有尊重你。」

「竟然跟我道歉，聽起來也太不像妳了。」李啟陽又驚又想笑，還是好奇她在做什麼，便跟著蹲下來：「妳在挖什麼？」

葉亭莉拿著石頭在挖泥土，最後終於挖出了一個眼熟的東西。原來是那張紅色的護身符，葉亭莉爸爸給她的護身符，被拿來與櫻花樹詛咒抵銷的護身符。

李啟陽恍然大悟，這才想起有這件事。

「結果根本沒用嘛。」葉亭莉將護身符擦了擦，擦乾淨上面的泥巴，露出苦澀的笑容：「完全沒有阻止詛咒發生，還是有好多人被溺死，學長也被溺死了。你說，是不是我們害的？」

李啟陽沒回答，他將葉亭莉抱在懷裡。

葉亭莉擦了好久的護身符，直到都擦亮了，才把它放回包包裡，放回原本的地方。

又一陣清風吹來，枝葉帶著細碎花瓣落下。詛咒只是調侃，情緒需要出口，這裡是他們定情的地方，不信宿命、不照規矩，他們才會兩度來到這裡。

李啟陽又何嘗不是個反抗者？他誰也不信，只信自己。他們都成功了，一個即將離開三峽，一個把學運的始末通通透透地走了一遍。

「妳到底為什麼要拍櫻花呀？」李啟陽問回了這件事，卻已經猜到了七八分：「上網抓圖不就好了嗎？」

這起學運發生在春天，被稱為櫻花運動，葉亭莉就是學運的幹部之一，李啟陽從抗爭者的社群照片、組織胸章中，都看到了櫻花的標誌，很像是葉亭莉所拍攝的。

葉亭莉承認了李啟陽的猜測，並舉起相機晃了晃：「當然要自己親手拍。學運就是由我們大學先發起的，林維穎學長是領袖之一，東眼山的櫻花開得到處都是。」講到這個她就來了精神，雖然一切都已經結束：「昔有野百合運動、茉莉花運動，那為何不讓這次叫做櫻花運動呢？」

「但用櫻花會不會太可愛了？」李啟陽笑道。

「那是你不懂，梅花堅忍不拔、傲雪欺霜，接著才有櫻花來，雨過天晴……」

「我要調走了。」李啟陽突然提到，打斷她。

葉亭莉沉默了一下，才問：「很遠嗎？」

「不會，也是在北部。」

其實，並沒有離別的感覺，也不覺得天塌下來，沒什麼大不了的。

臺灣就這麼大而已，遠距離戀愛也不會有多遠。兩人本來就有各自的人生軌跡，李啟陽想調走，這是打從一開始就知道的事情，她當然不會阻止他，他也不可能因為她就變卦。

兩人的關係就是這樣，自然而務實，若要像偶像劇那樣愛得轟轟烈烈，不僅做不來，好像也沒有時間去做，他們都太忙了。

「那我以後就沒必要上山了，學運都結束了，櫻花也不用拍了。」葉亭莉笑出來，有一點點惆悵，不過帶著衷心祝福：「恭喜你啊，真的達成自己的願望了。」

「妳，要跟我在一起嗎？」李啟陽殷切地望著她，想確認這段關係：「妳那時候說妳不可能談戀愛，現在呢？」

「你過來。」葉亭莉勾著他的領口，拉近他的臉龐，往他的嘴唇親了一口，給了他答案。

曾經，她有萬般覺得他們不合適，她要他選邊站，若不選自己這一邊，那他們就是不同國的。如今想來，她是多麼幼稚。

她喜歡他穿制服的樣子，那種對警察工作的憧憬與執著，她無法忘懷。他們都是為理想付出全部的人，哪裡不同國？一路走來，他們比誰都靠近。

「小吃店阿姨說，他們家妹妹有話有告訴你。」葉亭莉說道，從包包中拿出了一封信，交給李啟陽：「她知道我要上山，早上託我交到派出所。」

「小吃店？山下那間自助餐？」李啟陽滿臉疑惑，打開了信件。

「對。」葉亭莉引頸偷看，饒有興趣：「是情書嗎？」

「情書？她才高二而已耶。」

李啟陽專注地看著信件，一個字也不落下。他不是沒收過情書，學生時期，不管是認真的、惡作劇的、起鬨的；隔壁學校的、合寫的、代寫的、男生的、女生的，有人寫信給他，他就會看完。

「怎麼樣？」葉亭莉問道。

「她知道我要調走了，她說她也會去考警察。」李啟陽嚴肅地說道，翻到背面看看，沒有字了。

「咦？考警察？她不是才高二？」

「她覺得當警察很帥，很驕傲，她也要考警察。」李啟陽抬起頭來，笑道：「她說她一定會考上的。」

一模一樣的話，老闆娘說過，如今聽起來卻完全不同了。

他作為三峽分局的招牌，被印在海報上，不是做做樣子而已，他確實給其他人帶來了正面影響。她說她要做警察，因為當警察很帥、很驕傲，如此簡單的一句話，卻讓李啟陽眼眶溼溼，為之動容。

他心裡的那份迷惘，好像消散了一些，前路也清晰了一些，不再無所適從。

「所以他們選你選對了，你不是招生成功了嗎？」葉亭莉捏了捏他的臉頰：「形象大使，我當初也是被你騙。」

「我哪有騙妳？」李啟陽喊冤。

「我以為你是超級厲害的天才警察，結果連酒駕都是第一次抓，還要我幫忙。」葉亭莉調侃：「原來他們是看臉在選的，不是看能力。」

「我……我能力也會進步的呀！」李啟陽啞口無言。

兩人又聊了許久，餘暉漸濃，橙黃色覆蓋了整片東眼山。

一想到要離開這個地方，李啟陽就感慨萬千。

這個春季，一切都過得好快。學運、抗議、遇見葉亭莉。櫻花開、櫻花謝，彷彿一眨眼的時間而已，就什麼都過了。

時光如箭，留下的都是有把握住的東西，李啟陽帶著葉亭莉，看大溪潺潺，落日如丹，直到天邊只剩一絲彩霞，兩人才依依不捨地下山。

人總說，讓上帝的歸上帝，凱薩的歸凱薩，李啟陽也想對葉亭莉說，雖然政治的歸政治，但除去這場政治後，一切也都不是沒有意義，櫻花還是櫻花，是她親手拍下的櫻花。

這年春季，這場運動，這段緣分，讓兩人都學會了不少東西。

後記

我寫了許多本土的警察小說，在這些故事裡，沒有美國的ＦＢＩ、沒有香港的重案組、沒有日本的警探……我寫的是專屬於臺灣的警察小說，那些發生在鄰近派出所的日常：被開罰單、被攔查酒駕、被ＫＴＶ臨檢等等，都是真實而可以遇見的，離我們很近，就是我們的在地經驗。

當然，臺灣的警察故事不止於此，我也寫了國家公園警察、總統維安特勤隊警察、偵查隊警察、國道公路警察、警察學校警察，有好多好多種警察，不是只有一種樣貌——驚喜的是，這些故事彼此關聯，主配角們相互串場，甚至會長大、會變老、會去追查過去的案件，構成一個跨越數十年的警察宇宙大長篇。

樂見臺灣原生故事的蓬勃發展，我也會繼續澆築「臺灣警察」的各種想像與縱深，期待某一天，人們一提起警察劇或警察小說，能立刻想起：「啊，臺灣警察很特別呢！」

以下提供警察系列小說的時間軸，欲知主配角們的來龍去脈，請參閱其他書籍：

●《403 小組，警隊出動！》——板橋派出所，出場人物：鹽哥。

●《那年，東眼山，斜角派出所》——斜角派出所，出場人物：李啟陽、翁國正。

●《警察執勤中：正義的代價》——霖光派出所，出場人物：鹽哥、李啟陽、許家偉。

●《七十號，你的鳥歪了》——臺灣警察專科學校，出場人物：何冠宇、許展皓、鹽哥、劉佳棠、孫老師。

●《制高點》——總統維安特勤隊，出場人物：何冠宇、許展皓、孫老師。

●《警察迷途中：誰是兇手》——蘆洲偵查隊，出場人物：許家偉。

●《警察執勤中：宣戰角頭》——石坑派出所，出場人物：鹽哥、孫老師。

●《陽明山女子派出所》——陽明山國家公園警察隊，出場人物：劉佳棠、陳婕妤、鹽哥、李啟陽。

●《劣警李致豪》——草漯派出所，出場人物：李致豪、何冠宇。

●《套條子》——橋下派出所，出場人物：鹽哥、翁國正、許展皓。

——《那年，東眼山，斜角派出所》全書完

要推理127　PG3169

要有光 FIAT LUX

那年，東眼山，斜角派出所

作　　者　顏　瑜
責任編輯　尹懷君
圖文排版　黃莉珊
封面設計　王嵩賀

出版策劃　要有光
法律顧問　毛國樑　律師
製作發行　秀威資訊科技股份有限公司
114台北市內湖區瑞光路76巷65號1樓
電話：+886-2-2796-3638　傳真：+886-2-2796-1377
http://www.showwe.com.tw
劃撥帳號　19563868　戶名：秀威資訊科技股份有限公司
讀者服務信箱：service@showwe.com.tw
展售門市　國家書店（松江門市）
104台北市中山區松江路209號1樓
電話：+886-2-2518-0207　傳真：+886-2-2518-0778
網路訂購　秀威網路書店：https://store.showwe.tw
國家網路書店：https://www.govbooks.com.tw
經　　銷　聯合發行股份有限公司
231新北市新店區寶橋路235巷6弄6號4F
電話：+886-2-2917-8022　傳真：+886-2-2915-6275

出版日期　2025年6月　BOD一版
定　　價　280元

讀者回函卡

Printed in Taiwan

國家圖書館出版品預行編目

那年, 東眼山, 斜角派出所 / 顏瑜著. -- 一版. --
臺北市 : 要有光, 2025.06
面 ; 公分. -- (要推理 ; 127)
BOD版
ISBN 978-626-7515-54-9(平裝)

863.57 114006366